# Povětroň
# Karel Čapek

Povětroň
Copyright © JiaHu Books 2014
First Published in Great Britain in 2014 by JiaHu Books – part
of Richardson-Prachai Solutions Ltd, 34 Egerton Gate, Milton
Keynes, MK5 7HH
ISBN: 978-1-78435-103-8
A CIP catalogue record for this book is available from the
British Library
Visit us at: jiahubooks.co.uk

4

# I.

Prudký vítr ohýbá v nárazech stromy v nemocniční zahradě. A pokaždé se ty stromy tak hrozně rozčilí, uvádí je to v zoufalství, zmítají sebou jako zástup v panice; nyní se zastavují a třesou se, to nás to prohnalo, tiše, neslyšíte nic? Běžme, běžme, už je to tu zas. Mladý člověk v bílém plášti se klackuje zahradou a kouří si cigaretu. Patrně mladý doktor; vítr mu cuchá mladé vlasy a bílý plášť pleská ve větru jako prapor. Jen si rvi a cuchej, divoký větře; nemají-liž děvčata ráda hrábnout si všemi prsty do takové ježaté a samolibé hřívy? Jaká vlající a vztyčená palice! jaké mládí! jaká nestoudná spokojenost se sebou! Po cestičce běží mladá ošetřovatelka, vítr jí rýsuje na zástěře pěkný klín; rovná si oběma rukama vlasy, vzhlíží zdola k vlajícímu dlouhánovi a něco mu rychle povídá. Nu, nu, sestro, proč takový pohled, a proč ty vlasy –

Mladý doktor odhodil skvělým obloukem cigaretu a jde rovnou přes trávník dlouhými kroky k pavilónu. Aha, někdo vám umírá; i jest nutno jít tímto medicínským krokem, který znázorňuje spěch, nikoli však rozčilení. K lékařskému zákroku sluší se přistoupiti rychle, ale s klidem a rozvahou; pročež pozor, mladíku, abyste se neunáhlil jda k loži umírajícího. Ty však, sestřičko, klusej lehkými kroky chvatu, jimiž se vyjadřuje milosrdná a služební horlivost, nehledíme-li už k tomu, že ti to sluší vzhledem k tomu a onomu, co tě zdobí tělesně. Děvče jako lusk, řeknou lidé; škoda takové pro špitál.

Tak vida, někdo umírá; za hukotu větru, uprostřed úprku poděšených stromů umírá člověk; tady jsou na to zvyklí, ale nicméně – Po bílé pokrývce těká horečná ruka. Ubohá, nepokojná dlani, čeho by ses chtěla zachytit? co bys chtěla odhodit? Což nikdo tě neuchopí, nu, tady jsem, neboj se, nehledej, není té strašné samoty, která tě děsí. Mladý doktor

5

se naklání, pačesy mu padají do čela, bere tu hledající ruku v zápěstí a mumlá: Puls nitkovitý, agónie; dejte sem, sestřičko, plentu.

Ale ne, tohoto lehkomyslného, chundelatého mladíka neposadíme k loži člověka, který umírá za dunění vichrných varhan, vox coelestis, vox angelica, a kvílení hlasu lidského. Kdežpak, malá sestřičko, tohle není exitus, nýbrž jen záchvat – řekněme, že je to něco se srdcem. Ten smrtelný pot a nepokoj, to je jen úzkost, ten člověk má pocit, že se dusí; píchneme mu morfium, a bude spát.

Básník se obrátil od okna. "Doktore," ptal se, "který je to pavilón, ten naproti?"

"Interní," bručel chirurg, zabraný pozorováním lihového plamene. "Proč?"

"Jen tak," řekl básník a obrátil se zase ke korunám stromů zmítaným ve větru. Tak přec je to ošetřovatelka z interního, a není nutno si představovat, jak se jí třesou rty nad krvavou řezničinou operačního stolu. Vemte to, sestro, a vatu! Vatu! – Ne, takového nic; stojí jako boží dřevo, neboť málo ještě umí, a vidí jen rozcuchanou čupřinu toho mládence v bílém plášti. Už je to tak, už je to tak: je do něho po uši zamilována a chodí ho navštěvovat v jeho pokoji. Jaký klacek! jaký střapatý a sebejistý fanfarón! Neboj se, děvče, nic se ti nestane; vždyť jsem přece lékař a vím jak a co.

Básník se rozmrzel. A tohle už známe: každý chlap to v sobě má, ten vztek, tu trýzeň, když poznává v kterékoliv žádoucí ženě milenku jiného. Řekněme, pohlavní závist; řekněme, žárlivost. Budiž uváženo, není-li pohlavní morálka založena na této nelibosti, že jiní lidé spolu čehosi užijí. Měla pěkný klín narýsovaný větrem: to je to celé. A já – hned povídačky. Jsem příliš osobní.

Naježen, rozladěn vyzíral básník do zahrady zmítané větrem. Jaké marné lomcování, můj ty bože, jaká tesknota je vítr!

"Cože?" řekl chirurg.

"Jaká tesknota je vítr."

"Jde na nervy," děl chirurg. "Pojďte si vypít černou."

## II.

Zavonělo to karbolem, kávou, tabákem a mužstvím. Dobrý a silný pach, něco jako lazaret. Nebo ne, počkejme: karanténní stanice. Kubánský tabák, káva z Portorika a vichřice na Jamajce; dusno, vítr a praštění zmítaných palem. Sedmnáct nových případů, doktore; mře to jako mouchy. Rozlévejte krezol, sem s chlórovým vápnem; hoďte sebou, lidi, a hlídejte všechny cesty; nikdo odtud nesmí, jsme zamořeni. Ano, nikdo z nás, dokud všichni nepojdeme. – Básník se počal do sebe šklebit. Jenže v tomto případě, doktore, bych musel zaujmout odpovědné místo já, autor. Já vedu tu bitvu, starý koloniální felčar, ostřílený mazák morových epidemií; a vy jste můj vědecký asistent. Nebo ne, vy ne, ale ten vlasatý mládenec z interního. Nu, hochu, máme sedmnáct nových případů, prima vědecký materiál; co dělají vaše baktérie? – Mládenec poulí hrůzou oči, pačesy mu padají do čela. Doktore, doktore, myslím, že jsem nakažen. Inu, tak to by byl osmnáctý případ, položte ho. Tuto noc, sestřičko, u něho zůstanu já. Hle, jak se to děvče dívá, jak se dívá do jeho vlasů, slepených horečkou! Já vím, má ho ráda; hloupé děvče, líbala by ho, kdybych odešel, – ještě se nakazí. Jak šumí a praskají ty rozflákané oreodoxy! Horečná dlani, čeho by ses chtěla chytit? Nevztahuj se po nás, nevíme, nemůžeme; podejmi ruku, povedu tě, aby ses nebál. Puls nitkovitý, agónie; dejte sem plentu, sestřičko.

"Cukr?" řekl chirurg.

Básník se vytrhl ze svého hloubání. "Co?"

Chirurg mlčky před něho postavil cukřenku. "Měl jsem dnes práce," povídal neurčitě. "Těším se na prázdniny."

"Kam pojedete?"

"Střílet."

Básník se pozorně podíval na nemluvného muže. "Vy byste si měl jednou zajet daleko – na tygry nebo na jaguáry. Dokud ještě nějací jsou."

"Chtěl bych."

"Poslouchejte, představujete si to nějak? Dovedete si

představit... třeba svítání v pralese; nějaký neznámý ptačí tlukot, cosi jako xylofon napuštěný rumem a olejem."

Chirurg potřásl hlavou. "Já si nic nepředstavuju. Já... se musím zatraceně dívat. Vidět, víte? A když člověk střílí," dodal se zúženýma očima, "to se taky musí pořádně dívat, aby viděl."

Básník si vzdychl. "Tak to máte dobré, člověče. Já se pořád dívám, a přitom si pořád něco představuju. Nebo spíš tak: ono se to ve mně začne vymýšlet samo od sebe, odehrává se to, začne to žít na svou pěst – Rozumí se, já se do toho pletu: radím, opravuju nebo tak, víte?"

"A pak to napíšete," bručel chirurg.

"Kdepak! Obyčejně ne. Takové nesmysly... Za tu chvíli, co jste vařil kávu, se řečeným způsobem odehrály dva dokonale pitomé příběhy o vašem vlasatém kolegovi z interního. Prosím vás," zeptal se najednou, "jaký to je člověk?"

Chirurg zaváhal. "Nu," řekl konečně, "drobet fanfarón... Velká dávka sebejistoty – jak už to bývá u mladých doktorů. Jinak," s pokrčením ramen, "nevím, co by vás na něm zajímalo."

Básník se nezdržel. "Nemá něco s tou malou ošetřovatelkou?"

"Nevím," zafuněl chirurg. "Co je vám po tom?"

"Nic," řekl básník zkroušeně. "Co mně je vůbec po tom, jak se mají věci ve skutečnosti? Mé řemeslo je vymýšlet si, že, hrát si, předstírat –" Básník vyklonil svá těžká ramena. "To je právě ta svízel, pane: že mně tak strašně záleží na skutečnosti. Proto si ji vymýšlím, proto musím pořád něco vymýšlet, abych se jí dostal na kobylku. Mně nestačí, co vidím; chci vědět víc – a proto vymýšlím povídačky. Prosím vás, má to nějaký smysl? Má to vůbec co dělat se životem? Dejme tomu, že teď zrovna mám něco rozepsáno –"

"Dejme tomu, že něco píšu," opakoval básník po roztržité chvilce. "Já vím, že je to... jenom fikce. A já vím, člověče, co to fikce je, já vím, jak se to dělá: řekněme, jeden díl zkušenosti, tři díly fantazie, dva díly logické kombinace, a ostatek je chytrácký kalkul: aby to bylo nové, aby to bylo časové, aby se v tom něco řešilo nebo dokazovalo a hlavně, hlavně aby to působilo. Ale to je při tom to divné," vybuchl básník tlumeně, "že ty všechny triky, ta celá mizerná literátština nechává v člověku, který ji provozuje, zatracenou a vášnivou iluzi, že to má co dělat se skutečností. Představte si kouzelníka, který ví, jak se vytahují z klobouku králíci, a současně věří, že je opravdu a poctivě vykouzluje z poctivého klobouku. Jaké bláznovství!"

"Vám se něco nepovedlo, že?" řekl chirurg suše.

"Nepovedlo. Jednou večer jsem šel po ulici a slyšel jsem za. sebou ženský hlas, který říká: To mně přece neuděláš. Nic víc než to – snad to ani nikdo neřekl a jenom se mi to zdálo. To mně přece neuděláš."

"Nu, a dál?" ptal se chirurg po chvíli.

"Co by bylo dál," zamračil se básník. "Z toho narostla... taková historie. Ta žena byla v právu, rozumíte: udřená, zlá, nešťastná ženská – A ta bída, člověče, ve které ti lidé žijí! Ale ona byla v právu; ona je rodina, ona je domácnost, ona je – zkrátka pořádek; kdežto on –" Básník mávl rukou. "Neřád, taková slepá a hmotná revolta, lajdák a brutální chlap –"

"A jak to dopadlo?"

"Co?"

"Jak to dopadlo," opakoval chirurg trpělivě.

"... Nevím. Ona měla být v právu. Ve jménu všeho na světě, ve jménu veškerého zákona měla být v právu. Rozumíte, všechno záleželo na tom, že ona má pravdu." Básník jal se drtit v prstech kostku cukru. "Ale ten chlap si vzal do hlavy, že také on je v právu. A čím byl strašnější a zavrženější, tím víc se cítil v právu. Ono se totiž ukázalo," mumlal básník, "že i on trpí, víte? Nedalo se nic dělat; jakmile jednou začal opravdu žít, nedal si už poroučet a žil po svém, těžce a neodvratně –" Básník pokrčil rameny. "Abyste věděl, nakonec jsem to byl já sám, ten neřád, ten zvrhlý a zoufalý obejda; čím víc zkusil, tím víc jsem to byl já – – A potom se řekne fikce."

Básník se obrátil k oknu, neboť jsou věci, které se snáze říkají do prázdna. "Nejde to, musím se toho zbavit. Chtěl bych...

měl bych si-jen tak s něčím hrát... s něčím neskutečným. Aby to nemělo nic, nic, nic co dělat se skutečností... a se mnou samotným. Mít jednou pokoj od té hrozné osobní účasti. Řekněte, copak musím prodělat každou lidskou bolest? Jednou bych si chtěl vymyslet něco hodně dalekého a nesmyslného – Jako bych pouštěl duhové bubliny."

Zadrnčel domácí telefon. "Tak proč to neuděláte?" řekl chirurg zvedaje sluchátko, ale už neměl pokdy čekat na odpověď. "Haló!" povídal do telefonu, "ano, u aparátu. – Co? – – – Ale! – – Tak ať ho donesou do operačního – – Ovšem. Já přijdu hned."

"Dovezli sem někoho," řekl chirurg a zavěsil sluchátko. "Spadl z nebe – Totiž letadlo se zřítilo a shořelo. Co, k čertu, v takové vichřici – Pilot prý je na uhel; a ten druhý – nu, chudák." Doktor zaváhal. "Musím vás tu nechat. Počkejte, já vám sem pošlu jednoho pacienta – Zajímavý případ. Totiž medicínsky banální, jenom jsem mu řezal na krku absces; ale ten člověk je jasnovidec. Těžký neuropat a podobně. Ale ne abyste mu příliš věřil." A chirurg – vyletěl ze dveří jako střelený, nečekaje na básníkův protest.

### III.

Tedy tohleto má být jasnovidec, tato žalostná figura v pruhovaném pyžama, s krkem ovázaným a hlavou na stranu, i ty chudáku! Visí to na něm jako na věšáku, plandá se ke stolu a třaslavými, studenými prsty si zapaluje cigaretu. Kdyby aspoň neměl oči tak blízko u sebe a zapadlé, kdyby neměl oči tak roztržité, kdyby se aspoň díval! Pozdrav bůh, to nám doktor nadělil pěknou společnost! O čem se dá mluvit s takovým strašidlem? Zajisté nikoliv o věcech pozemských; jak známo, je poněkud beztaktní zapřádat s osobami ze záhrobí hovor o posledních novinkách.

"To tam je vítr," děl jasnovidec, a básník si oddychl. Buď požehnáno počasí, neboť je společnou věcí lidí, kteří si nemají co říci. To tam je vítr, řekl, a přitom mu nestálo za to, podívat se oknem na tragický úprk stromů. Inu, jasnovidec!

nač se dívat? upře oči na špičku svého dlouhého nosu, a hle, už ví, že venku burácí vichřice. To nám jsou věci! Říkejte si, co chcete, ale tenhle druhý zrak, že ano –

To by měl někdo vidět, tyto dva: básník vysunuje těžká ramena, vysunuje i bradu a měří s nešetrnou zvědavostí, ano s očitým nepřátelstvím měří nachýlenou hlavu, hubená prsa a tenký, trčící zobák toho človíčka naproti. – Kousne ho? Ne, nekousne, neboť si ho jaksi ošklíví, jednak pro to a ono fyzické a jednak proto, že je to jasnovidec: jako by to bylo něco nečistého a odporného. Ale ten druhý snad ani nevidí; upírá oči, aniž se dívá, hlavu na stranu, jako pták. A mezi nimi to leží cize, napjatě, odpudivě.

"Silná osobnost," mumlal jasnovidec jako pro sebe.

"Kdo?"

"Ten, co ho přivezli." Jasnovidec vydechl zhluboka kouř. "Je v něm... strašná intenzita, jak bych to řekl: plamen, požár, výheň... Teď je to ovšem jen hasnoucí požářiště."

Básník se zašklebil; nemohl vystát takováto patetická a nepřesná slova. "Tak už jste to taky slyšel?" poznamenal. "Hořící letadlo a tak dále..."

"Letadlo?" opáčil roztržitě jasnovidec. "Tak on tedy letěl – považte si, v takové vichřici! Jako rozžhavený meteor, jen se roztrhnout. Proč měl tak nesmírně naspěch?" Jasnovidec vrtěl hlavou. "Nevím, nevím nic; je v bezvědomí a neví, co se s ním stalo. Ale i ze zčernalého ohniště se může odhadnout výška plamene, který vyšlehl. Jak je to hluboko vypáleno! Jak je to ještě řeřavé!"

Básník pohoršeně zafrkal. Ne, rozhodně se nesnese s tímto morbidním panákem. Ba, bylo to zatrápeně řeřavé, považíme-li, že se při tom uškvařil pilot; a tady ten pruhovaný hastroš ani neřekne chudák. Pravda ovšem je: proč ten z nebe spadlý musel letět v takové vichřici?

"Zvláštní," hučel jasnovidec polohlasem. "A tak z daleka! Na jeho cestě ležel oceán. Zvláštní, jak na člověku ulpívá místo, kde posledně byl. Na něm zůstalo moře."

"Podle jakých známek?"

Jasnovidec pokrčil ramenem. "Prostě moře a vzdálenost –

Muselo být mnoho cest v jeho životě. Nevíte, odkud přišel?"

"To byste mohl poznat sám," děl básník, vkládaje do toho hrot co možná nejtrkavější.

"Jak poznat? – Vždyť je v bezvědomí a neví o ničem. Dovedl vy byste číst zavřenou knihu? Možné to je, ale je to těžké, neobyčejně těžké."

"Číst zavřené knihy," bručel básník. "Spíš bych řekl, že to je přinejmenším zbytečné."

"Snad pro vás," mínil jasnovidec, šilhaje někam do kouta. "Ano, pro vás to je zbytečné. Vy jste básník, že? Buďte rád, že nemusíte přesně myslet, buďte rád, že se nepokoušíte číst zavřené knihy. Vaše cesta je snadnější."

"Míněno co?" vyklonil se básník bojovně.

"Toto a nic jiného," pravil jasnovidec. "Vymýšlet si a poznávat je dvojí věc."

"A vy jste z nás dvou ten, který poznává, ne?"

"Tentokrát jste uhodl," děl jasnovidec a pokývl hlavou, jako by dělal nosem tečku za hovorem.

Básník se počal šklíbit. "Řekl bych, že my dva si nehodláme rozumět, viďte? Inu, pravda, já si věci jen vymýšlím, já si představuju, co se mně zlíbí, že? jen tak z vrtochu a nazdařbůh –"

"Já vím," přerušil ho jasnovidec. "Vy jste také myslel na toho muže, který spadl z nebe. Vy jste si také představoval, že za ním je moře. Já vím. Ale vy jste na to přišel jen z takové kombinace, že většina leteckých linek má spojení k přístavům. Naprosto povrchní důvod, pane. Z toho, že mohl přiletět od moře, neplyne, že odtamtud opravdu přiletěl. Typické non sequitur, pane. Není přípustno dělat závěry z možností. Abyste věděl," vyhrkl svárlivě, "ten člověk skutečně má za sebou moře. Já to vím."

"Jak?"

"Docela přesně. Analýzou dojmu."

"Vy jste ho viděl?"

"Ne. Nemusím přece vidět houslistu, abych poznal, co hraje."

Básník si zamyšleně hladil týl. "Dojem moře – To snad je

proto, že mám moře rád. Ale nemyslím na žádné moře, které jsem viděl. Představuju si moře teplé a husté jako olej, zdá se být mastné, jak se leskne. Je to samá chaluha, jako nějaká louka. A chvílemi to z něho vytryskne a zatřpytí se to těžce jako rtuť."

"To jsou létací ryby," poznamenal jasnovidec k něčemu, o čem hloubal sám.

"Zatracený člověče," mumlal básník, "máte pravdu, jsou to létací ryby."

## IV.

Trvalo to hodně dlouho, než se chirurg vrátil. Konečně přišel, byl roztržitý a bručel: "A, vy jste ještě tady."

Jasnovidec se díval kamsi do prázdna, kam mířil jeho melancholický nos. "Těžký otřes mozku," povídal. "Patrně vnitřní zranění. Fraktura dolní čelisti a lebeční spodiny. Na tváři a na rukou popáleniny druhého a třetího stupně. Fractura claviculae."

"Správně," řekl chirurg zamyšlen. "Je to s ním špatné. A jak vy to, prosím vás, víte?"

"Vy jste na to právě myslel," děl jasnovidec, jako by se omlouval.

Básník se zamračil. Jdi do paďous, kouzelníku, snad si nemyslíš, že mne omráčíš? A kdybys četl slovo za slovem, co si kdo myslí, nečekej, že ti uvěřím.

"A kdo to vlastně je?" ptal se, aby byla řeč o něčem jiném.

"Kdopak ví," brumlal doktor. "Jeho papíry shořely. Našli mu v kapse nějaké francouzské, anglické a americké mince. A holandské dubbeltje. Snad letěl přes Rotterdam, ale to letadlo nebylo pravidelná linka."

"On vám neřekl nic?"

Chirurg zavrtěl hlavou. "Kdepak. Hluboké bezvědomí. Divil bych se, kdyby vůbec ještě něco řekl."

Bylo tíživé ticho. Jasnovidec vstal a plandal se ke dveřím. "Zavřená kniha, co?"

Básník za ním mračně pohlížel, až zmizel na chodbě.

13

"Doktore, myslel jste si opravdu to, co on povídal?"

"Co? ovšem. To byl nález, který jsem předtím diktoval. Já to nemám rád, tohle čtení myšlenek. Z lékařského hlediska," řekl prakticky, "je to indiskrece." Tím, zdálo se, byl s věcí hotov.

"Ale vždyť je to humbuk," vyjel básník podrážděně. "Nikdo nemůže vědět, co si druhý člověk myslí! Do jisté míry se to dá vysoudit rozumem – Když jste přišel, věděl jsem hned, že myslíte... na toho člověka, který spadl z nebe. Viděl jsem, že máte starosti, že si něčím nejste jist, že je to krajně vážné. A řekl jsem si, počkat, to může být vnitřní zranění."

"Proč?"

"Z rozumu. Z kombinace. Já vás znám, doktore, vy nejste roztržitý člověk; ale když jste přišel, udělal jste takhle, jako byste si chtěl rozepnout operační plášť, který jste už na sobě neměl. Z toho bylo vidět, že jste v myšlenkách ještě u toho pacienta. Aha, řekl jsem si, něco mu vrtá hlavou. Asi něco, co nemohl vidět ani nahmatat, – nejspíš vnitřní zranění."

Chirurg zasmušile pokynul.

"Ale já jsem se na vás díval," pokračoval básník. "To je ten celý trik: dívat se a kombinovat – to je aspoň poctivá práce. Ale ten váš čaroděj," bručel opovržlivě, "se dívá na špičku svého nosu a povídá vám, co si myslíte. Já jsem dával pozor, ani na vás nemrkl. Bylo to... odporné."

A zase to ticho, obklopené hučením větru. "I teď, doktore, myslíte – na toho raněného. Je na něm něco divného, že?"

"Vždyť on nemá tvář," řekl chirurg tiše. "Je tak popálen... Ani tvář, ani jméno, ani vědomí – Aspoň něco kdybych o něm věděl!"

"Nebo to: proč letěl v takovém větru. Kam měl tak strašně zamířeno? Co se bál ztratit? Co ho tak nesmyslně a nedočkavě vystřelilo? Jisto je, že se nebál smrti. Zaplatím vám, pilote, desateronásob, vezmete-li mne, kam chci. Západní orkán, tím líp, aspoň rychleji poletíme. – Nenašlo se u něho vůbec nic...?"

Chirurg potřásl hlavou. "Tak se na něho pojďte podívat, když vám to nedá," řekl najednou a vstal.

Milosrdná sestra, sedící vedle lůžka, se s námahou zvedla; měla tlusté, opuchlé nohy a plochou tvář bez barvy, stará, utahaná kobyla milosrdenství. Stařík na sousedním lůžku odvrátil bez zájmu hlavu; byl příliš soustředěn na své vlastní utrpení, aby se pokusil překročit tu dálku, která leží mezi nemocným a těmi druhými.

"Dosud se neprobudil," hlásila milosrdná sestra a složila ruce na břiše; tak to má patrně být, stojí-li jeptiška v pozoru, stará vojačka při raportu; jen oči mrkají starostlivě a lidsky. Básník si vzpomněl na lidské oči opic a zastyděl se za to; ano, ale když ty oči jsou tak nečekaně a podivně lidské!

A tedy tohle je on, tohle je ten celý případ! Se sevřeným srdcem byl připraven na podívanou, před níž by zděšeně prchal, ruce na ústech a vzlykaje hrůzou; a zatím to je čisťoučké a téměř pěkné, nic než ohromné klubko bílého fáče pečlivě navinutého, namoutě, čistá práce a šikovná; a má to uměle udělané ruce z vaty, gázy a kalika, veliké bělostné tlapy ležící na pokrývce. Jakého panáka dovedou uvinout nic než z vaty a fáče; člověk by ani neřekl –

Básník svraštil obočí a sykl. Vždyť ono to dýchá; maličko, maličko se pozvedají a klesají ty složené bílé tlapy, jako by dýchaly. A tady ta černá mezera mezi obvazky jsou snad ústa; a tady to temně propadlé v něžném věnečku vaty – ach bože, ne, chválabohu, to nejsou vyhaslé oči, to nejsou lidské oči, ne, to jsou jen zavřená víčka; bylo by strašné, kdyby se díval! Básník se naklonil nad tu čistou ovinovací práci; a náhle to zacukalo v koutku zavřených víček.

Básník ucouvl, bylo mu mdlo a hrozno. "Doktore," vydechl, "doktore, neprobudí se?"

"Neprobudí," řekl chirurg pozorně, a milosrdná sestra lidsky, pravidelně mrkla, tak pravidelně, jako kane voda. Panika soucitu polevila; ti dva jsou tak klidni, utiš se, utiš se, vše je v pořádku; tak pravidelně, jako kane voda, se zvedá a klesá bílá pokrývka na prsou bezvědomého. Vše je v pořádku, není zmatku ani zděšení; už není žádného neštěstí, nikdo nepobíhá a nelomí rukama; i bolest se utiší, když se stane součástí pořádku. Pravidelně, lhostejně sténá chorý na sousedním lůžku.

"Chudák," bručel chirurg, "je zřízen jako Spasitel." Milosrdná sestra se pokřižovala. Básník by byl rád napsal ve vzduchu křížek nad tou ovázanou hlavou, ale nějak se i za to zastyděl; podíval se rozpačitě na doktora. Chirurg pokynul. "Půjdeme." A po špičkách ven. Není teď o čem mluvit; ať se uzavře hladina pořádku a ticha, ať se neporuší to vyrovnané mlčení; tiše, tiše, jako bychom opouštěli něco podivně a přísně důstojného.

Teprve ve vratech špitálu, kde už se začíná nelad a lomoz života, povídal chirurg zamyšleně: "Divné, že je tak neznámý. Musíme ho zapsat jako Případ X." Mávl rukou. "Raději už na něho nemyslete."

## V.

Už druhý den trvá to bezvědomí, teplota stoupá a srdce slábne. Není pochyby, někudy uniká život; ach bože, jaká trampota! jak ucpat trhlinu, o které nevíme? Tož nic než koukat na to němé tělo, jež nemá tváře ani jména, ba ani dlaní, aby se na nich daly číst stopy minulého života. Kdyby měl jméno, kdyby měl aspoň jakékoliv jméno, nebyl by tak – co vlastně? snad znepokojivý nebo co. Ano, říká se tomu tajemství.

Milosrdná sestra, zdá se, si zvolila tento beznadějný případ za předmět své mimořádné osobní péče; sedí unaveně na tvrdé židli u nohou lůžka, nad jehož hlavami není napsáno jméno člověka, ale jen latinské názvy jeho ran, a nespouští oka z té bílé, slabě a krátce oddychující kukly; patrně se modlí.

"Nu, ctihodná," mumlá chirurg bez úsměvu, "tichý pacient, co? Nějak jste si ho oblíbila."

Milosrdná sestra rychle zamrkala, jako by se chtěla hájit. "Když je tak sám! Vždyť nemá ani jméno –" Jako by jméno bylo člověku nějakou oporou. "Mně se o něm i v noci zdálo," řekla a přejela si oči dlaní. "Kdyby se třeba probudil a chtěl něco povědět – Já vím, že chce něco říci."

16

Chirurg měl na jazyku: sestro, ten už nám neřekne ani dobrou noc, ale nechal si to pro sebe. Místo čehokoliv jiného ji jen maličko pohladil po rameně. Tady ve špitále se neplýtvá slovy uznání. Stará jeptiška vylovila veliký, tuhý kapesník a dojatě se vysmrkala. "Aby aspoň někoho měl," vysvětlovala poněkud zmateně; zdálo se, že nakynula samou péčí, že sedí ještě šíř a trpělivěji než dosud. Ano, aby aspoň nebyl tak sám.

Aby nebyl tak opuštěn, ano; ale což se kdy s nějakým pacientem nadělalo tolik jako s tímto? Dvacetkrát za den se potlouká chirurg bezcílně po chodbách, aby se jako mimochodem podíval – nic nového, sestro? Ne, nic. Kdekdo strčí hlavu do šestky: doktoři, ošetřovatelky – není tu ten nebo ta? ale to je jen záminka, aby bylo možno chvilku postát nad tím lůžkem beze jména, nad tím člověkem bez tváře. Chudák, říkají lidé očima a jdou po špičkách pryč; a milosrdná sestra se maličko, sotva znatelně komíhá ve své veliké a mlčelivé hlídce.

A to už je třetí den; pořád to hluboké bezvědomí, ale teplota stoupá nad čtyřicet; případ je neklidný, ruce mu těkají po pokrývce a nesrozumitelně mumlá. Jak se to tělo brání, – není tu už vědomí ani vůle, aby se také bránily, jenom srdce tepe jako tkalcovský člunek v potrhané osnově; už běhá naprázdno a neprovléká žádnou nit jako útek tkaninou života. Už netká nic, ale stroj ještě běží.

Milosrdná sestra neodvrací očí od toho lože mrákot; chirurg by jí rád řekl, nu, sestřičko, není to nic platno a bůh ví, že tu sedíte nadarmo; jděte si raději odpočinout. Mrká starostlivě, má jistě něco na jazyku, ale kázeň a únava jí svírají rty; mimoto mluví se málo a tiše nad tímto lůžkem. "Přijďte potom ke mně, sestro," káže chirurg a jde dál za svou denní rutinou.

Toporně, těžce usedá sestra v pokoji chirurgově a neví jak začít, uhýbá očima a rozčilením jí vyskakují ve tváři rudé skvrny. "Co je, sestřičko, co je," pomáhá chirurg staré ženě, jako by to byla holčička, a tu to z ní vyhrklo: "Dnes se mi o něm zdálo podruhé."

Tak, teď je to venku, a doktor se nedal do smíchu ani neřekl nic, co by ctihodnou sestru zmátlo; naopak zvedl oči plné zájmu a čekal.

"Ne že bych věřila ve sny," ujišťovala milosrdná sestra rozpačitě, "ale když se člověku zdá po dvě noci sen, který pokračuje, pak to není samo od sebe. Pravda sice je, že si někdy vykládám sny, ale to je jen ze samoty; nečekám přece na žádné znamení, které by se týkalo mne. Nikdy se mi nesplnilo, o čem se mi zdálo; není to tedy z pověrčivosti, že se zabývám svými sny. Vím, že se sny opakují a vracejí; ale aby pokračovaly, jako pokračuje skutečnost, to snu nenáleží. Je-li v mém snu něco, co bych neměla vyslovit, ať mi to odpustí Matka boží; jsem víc zvyklá na doktory než na kněze a povím vám všechno, jako by to byla zpověď."

Chirurg vážně přikývl.

"Povím vám všechno," pokračovala sestra, "protože se to týká vašeho pacienta; ale bude to jen obsah, jak jsem si jej potom srovnala a spojila v hlavě. Když se mi to zdálo, byly to spíš obrazy, které se pořád měnily; některé byly zřetelné, ale jiné popletené a nesouvislé, někdy jako na přeskáčku, někdy jako by se jich zdálo několik najednou. Chvíli to bylo, jako by ten člověk opravdu něco vypravoval, a pak zase, jako bych se sama dívala, jak se něco děje; bylo to tak zmatené a nesmyslné, že jsem si i ve snu přála, abych se probudila, ale nemohla jsem. Ten sen byl tak živý a silný, že pokračoval i ve dne; ale to už jsem si jej vyvzpomínala v lepším pořádku, bez těch obrazů a souvisle. To už nebyl sen. Všechny věci by se nám rozpadly v pouhé sny, kdyby v nich nebyl nějaký pořádek; pořádek je něco, co je jen ve skutečných věcech. Proto mne ten sen tak poděsil, že jsem v něm našla víc souvislosti, než mívají sny; a nemohu jej vypravovat než tak, jak mu rozumím teď."

## POVÍDKA MILOSRDNÉ SESTRY
### VI.

"Včera v noci se mi zjevil poprvé. Měl bílé šaty s mosaznými knoflíky, na nohou kožené holeně a bílou přilbici na hlavě; ale ta přilbice nebyla jako vojenská a nikdy jsem takový šat neviděla. Tvář měl žlutou jako cikán a horečné oči, podobné jako oči člověka s tyfovou horečkou; měl asi horečku, neboť mluvil z cesty.

Když se vám o někom zdá, neslyšíte ho mluvit a také nevidíte, že by pohyboval rty; vy jenom víte, co vám povídá, a nikdy jsem nepřišla na to, jakým způsobem se to člověku zdá. Vím jenom, že mne oslovil, že mluvil rychle nějakým cizím jazykem, kterému jsem nerozuměla; pamatuju si, že několikrát mě oslovil ‚sor‘, ale nevím, co to znamená. Byl netrpělivý a skoro zoufalý, že mu nerozumím, a mluvil dlouho. Ale potom, jako by si uvědomil, kde je, počal hovořit – řekla bych, naším jazykem; ale bylo to jen to, že jsem mu najednou rozuměla.

‚Sestro,‘ řekl, ‚prosím vás na kolenou, abyste, můžete-li, něco pro mne udělala; víte přece, v jakém jsem stavu. Jaké neštěstí, Bože, jaké neštěstí, jaké neštěstí! Nevím ani, jak se to stalo; bylo to, jako by zničehonic proti nám letěla země. Kdybych aspoň mohl psát prstem po pokrývce: všechno bych napsal, čeho je třeba; ale vidíte, jak vypadám.‘ Ukazoval mi ruce, ale nebyly ovázány; teď už nevím, co bylo na nich tak hrozného. ‚Nemohu, nemohu,‘ naříkal, ‚hleďte na ty ruce! Všechno vám řeknu; ale proboha, pomozte mi vyřídit jen tu jednu věc. Letěl jsem jako blázen, abych zařídil vše; ale náhle se země prudce naklonila a padala na nás. Já vím, že se něco přihodilo, proti nám vyletěl plamen, jaký jsem nikdy neviděl, a viděl jsem mnoho; viděl jsem hořící loď, hořící lidi, viděl jsem hořet celou horu, ale to vám nebudu povídat; už není nic, na čem by záleželo, než to jedno, čeho je třeba.‘

‚Jen to jedno,‘ opakoval; ‚ale teď vidím, že to jedno je celý život. Ach, sestro, neřekli vám, co se mi stalo? Neutrpěl jsem zranění na hlavě? Neboť zapomněl jsem všechno a pamatuju si jen svůj život. Zapomněl jsem všechno, co jsem kdy dělal; už nevím, kde všude jsem byl, ztratil jsem jména lidí a nevím sám, jak se jmenuju; to všechno je vedlejší a nahodilé. Jistěže jsem utrpěl otřes mozku, když si nemohu vzpomenout na nic než na to, co opravdu bylo. Kdyby vám řekli mé jméno, vězte, že není pravé; a kdybych počal blábolit cosi o ostrovech a dobrodružstvích, připočtěte to mé pomatenosti; jsou to trosky, o kterých nevím, kam patří, a ze kterých se už nedá složit příběh člověka. Celý člověk je v tom, co mu zbývá vykonat; všechno ostatní jsou zlomky a tříšť, kterou nelze obsáhnout jedním pohledem. Ano, ano, ano, někdy člověk vyhrabe něco minulého a myslí si: toto jsem já. Jenže můj případ je těžší, sestřičko; něco se stalo, při čem se roztříštila má paměť; nezbylo ve mně celého nic než to, co jsem chtěl ještě vykonat.'"

## VII.

Milosrdná sestra vypravovala, maličko se komíhajíc a oči upřeny k zemi, jako by odříkávala něco, čemu se naučila zpaměti. "Divné je, jak takový sen je určitý a neurčitý zároveň. Nevím, kde to bylo; seděl na dřevěných schůdkách, po kterých se šlo do jakési slaměné chatrče –" Okamžik váhala. "Ano, ta chýše totiž stála na břevnech, jako by to byly nohy od stolu; a on seděl rozkročen na nejnižším stupni a vyklepával si dýmečku o dlaň druhé ruky. Tvář měl skloněnu, bylo vidět jen tu bílou přilbici; vypadalo to, jako by měl hlavu ovázanou.

‚Musíte vědět, sestro,' řekl, ‚že se nepamatuju na svou matku. Zvláštní, ačkoliv jsem ji vůbec nepoznal, zůstalo po ní v mé paměti cosi jako prázdné a slepé místo, kde něco mělo být. Tak vidíte, má paměť nebyla nikdy úplná, neboť v ní chybí maminka.' Zakýval hlavou, když to řekl. ‚Bylo to vždycky jako nevyplněná plocha na mapě mého života; nemohl jsem nikdy znát sebe sama, protože jsem neznal svou matku.'

‚Pokud jde o mého otce,' pokračoval, ‚musím říci, že náš vzájemný poměr nebyl nikdy dobrý ani důvěrný. Ba, po pravdě řečeno, leželo mezi námi tiché a nesmiřitelné nepřátelství. Můj otec byl totiž nadmíru řádný muž; zastával důležité místo ve svém působišti a pokládal svůj život za vyplněný tím, že v každém ohledu konal svou povinnost. Povinnosti muže pak jsou věnovat se práci, bohatnout a navrch ještě být ctěn u svých spoluobčanů; to vše jsou závazky tak veliké, že nemohou být uzavřeny než smrtí. Skutečně pak umřel slavnostně a vyrovnaně, jakoby uspokojen, že naplnil i tento úkol. Se mnou nemluvil jinak než napomínaje a dávaje sebe za příklad; nejspíš považoval lidský život za něco předem hotového, jako zděděný dům nebo jako firma, kterou převezme nástupce. Náramně si vážil sebe sama, svých zásad i svých zásluh; jeho život zdál se mu hoden toho, aby se v něm pokračovalo jako v odkazu. Snad mne měl svým způsobem rád a myslel na mou budoucnost; ale nedovedl si budoucnost představit jinak než jako opakování svých vlastních zkušeností. Nenáviděl jsem ho v té podobě, že jsem ze všech svých sil, zlomyslně i potají porušoval vše, co by mohl očekávat od rozumného a zdárného dítěte; byl jsem líný, vzdorovitý a neřestný a už jako chlapec jsem spával se služkami – pamatuju se dosud na drsnost jejich rukou; naplnil jsem jeho dům skrytou divokostí a myslím, že jsem často otřásl jistotou starého muže; neboť ve mně se mu sám život musel jevit jako něco nezřízeného a bezuzdného, nad čím nemá moci.'

,Nebudu vám, sestro, líčit život mladého člověka. Ech, ano, bylo vše, co patří k věci; až na to a ono nemám, zač bych se hanbil. Pravda, byl jsem zlé a zkažené dítě, ale jako mladík jsem se nelišil mnoho od jiných; jako oni jsem byl hlavně pln sebe sama; byly mé lásky, mé zkušenosti, mé názory, kdeco bylo mé. Teprve později člověk vidí, že to všechno nebylo tak tuze jeho a jenom jeho, že to jsou věci obecné, kterými mu bylo projít, zatímco si myslel, že je objevuje. Víc utkví v člověku z dětství než z toho věku mladosti; dětství, ano, to je celá a zbrusu nová skutečnost, kdežto mládí – Bůh ví, kde se v něm nabere tolik zdání a neskutečnosti; pročež bývá zapomenuto a ztraceno. Ne, bohudík, nepozná každý, jak byl podveden a jak hloupě šel životu na lep. Nemám, nač bych vzpomínal; a vytane-li mi něco, cítím, že to už nejsem já a že se mne to netýká.'

,V té době jsem už nežil u svého otce; byl mi cizí a daleký jako nikdo druhý, a když jsem stál nad jeho rakví, bylo mi hrozno a nemožno představit si, že jsem vzešel z toho cizího a nyní už mrtvolně změněného těla; ničím, ničím už jsem nemohl navázat spojení s nebožtíkem, a slzy, které mi stoupaly do očí, byly jenom pláč nad poznáním, že jsem tak sám.'

,Snad jsem vám už řekl, že jsem zdědil po otci dost velké bohatství; ale i ty peníze mi byly cizí, jako by na nich lpělo něco z důstojnosti a povinností mého otce. On ten majetek založil jako něco, v čem by žil dál; jeho peníze měly být prodloužením jeho života a postavení. Neměl jsem je rád a mstil se na nich tím, že jsem jich užíval jen k své lenosti a poživačnosti. Nedělal jsem nic, protože mne k ničemu nevedla nutnost; ale, prosím vás, co je skutečnost, která není tvrdá a nepoddajná jako kámen? Mohl jsem vyhovět všem svým rozmarům; je to hrozná nuda, sestro, a vymýšlet, čím bychom utloukli den je větší dřina než rozbíjet štěrk. Nestálo to za nic, a věřte mi, že vrtkavý člověk má ze života míň než žebrák.'

Maličko se odmlčel a řekl potom: ,Jak vidíte, nemám věru, proč bych želel svého mládí. Vracím-li se nyní, není to proto, abych se napil ze studnice mladosti. Stydím se za to, že jsem byl mlád, neboť tím jsem pokazil svůj život. Byla to nejpošetilejší a nejnesmyslnejší doba mého života; a přece právě v ní mne potkala událost, jejíž dosah mi tehdy ušel. Říkám tomu událost, ačkoliv se to zhola ničím nepodobalo dobrodružství; poznal jsem dívku a umínil jsem si, že se jí zmocním; pravda je, že jsem ji miloval, ale ani to není v mládí nic mimořádného. Bůh ví, nebyla to má první láska, ba ani nejsilnější z mých vášní, jejichž jména jsem už zapomněl.'"

## VIII.

Milosrdná sestra potřásla starostlivě hlavou. "To všechno říkal tak, jako by se zpovídal, a bylo vidět, že nechce přede mnou nic zakrýt. Jistě se připravuje na smrt; ale mně nezbývá než modlit se, aby Bůh zázrakem nebo milostí přijal tuto zpověď, vykonanou ve snu a osobě nehodné, jako platnou; snad vezme zřetel i na to, že člověk v bezvědomí nemůže v sobě vzbudit náležitou lítost, potřebnou k dokonalému pokání.

,Musím vám vylíčit,' řekl potom, ,jaká byla. Zvláštní: její tvář si už nedovedu představit; měla šedé oči a hlas maličko drsný, jako chlapec. Také ona ztratila matku v dětství; žila s otcem, kterého zbožňovala, neboť byl to krásný starý pán a veliký inženýr před Hospodinem. Pro jeho i svou radost a pýchu vystudovala inženýrství a šla do továrny; sestro, sestřičko, chtěl bych, abyste si ji dovedla představit v té kovárně strojů mezi parními kladivy, soustruhy a polonahými muži, kteří bušili do rozžhavených železných tyčí. Byla zároveň děvčátko, elf a malý kurážný chlapík, a ti kováci ji zbožňovali; pohybovala se ve světě zvláštní jemnosti, neboť žila mezi chlapy. Jednou, ano, jednou mne dovedla do té dílny, a tehdy jsem se do ní zamiloval; byla tak křehká, tak statečně líbezná prostřed těch silných mužských zad lesklých potem, s tím svým malým, trochu drsným hláskem a tou inženýrskou autoritou nad ohněm, železem a dílem. Člověk by řekl, toto že není místo pro děvče; Bůh mi odpusť mé hříchy, ale právě tam jsem po ní zatoužil mučivě a nesmyslně, právě ve chvíli, kdy zkoumala dílo a vážně přitom chmuřila své dlouhé obočí. Nebo tehdy, když stála se svým velkým tatínkem a on jí položil ruku na rameno, jako by to byl syn, na kterého je hrd a jemuž odkazuje svou práci. Dělníci jí říkali pane inženýre, a já jsem upíral oči na její dívčí šíji, trýzněn žádostí, která mne až znepokojila, jako byv ní bylo cosi proti přírodě.'

,Byla nesmírně šťastna: šťastna pýchou na svého starého pána a na sebe, šťastna, že ji lidé mají rádi a že se sama živí, šťastna tichým a vyrovnaným uspokojením. Její oči zářily klidem, její chlapecký hlas mluvil málo a pokojně; na dlaních a prstech mívala od rýsovacích inkoustů nesmazatelné skvrny, které jsem miloval. Pokud mne se týče, byl jsem mladý a z té příčiny ješitný, byl jsem hejsek, a patrně proto jsem předstíral sebejistotu; ale to děvče mne mátlo. Myslel jsem, že chce být bezpohlavní mužatkou, a z jakési zlosti jsem si umiňoval ji pokořit jako ženu; představoval jsem si, kdybych ji svedl, že bych to nad ní jaksi vyhrál. Snad jsem se před ní styděl za sebe sama, za svou nudu a nicotnost, a proto, jen proto jsem se chtěl sám před sebou zablýsknout vítězoslávou mužského dobyvatelství. Rozumějte, toto je výklad, který činím dnes; tehdy to byla jen láska, jen žádost, jen hrozná touha sklonit se nad ní a vynutit z ní zalkání, že mne miluje.'

Zamyslil se a chvilku přemýšlel. ‚A nyní, sestro, přicházím k věcem, o kterých je mi dost těžko mluvit; ale budiž řečeno všechno. Nebyla to první láska, ve které se vše, ať o tom soudíte jakkoliv, přihází skoro bezděky a nevyhnutelně; chtěl jsem ji dostat a hledal jsem prostředky, které by mně ji vydaly. Stydím se vzpomínat, jak nejapné a hrubé, jak bezmocné se jevily všechny ty světácké fortele, které jsem znal, vůči zvláštní, téměř drsné přímosti a čistotě toho panenského děvčete. Viděl jsem, že je nad tím i nade mnou, že je z ušlechtilejší látky než já, ale už jsem nemohl obrátit. Člověk je divný, sestro. Byl jsem tak zažrán do trýznivých a ohavných představ, jak bych ji ničemně, lží nebo hypnózou, drogami nebo čímkoliv svedl a znectil, jako se zneuctívá chrám, – slyšíte, sestřičko, nic před vámi netajím: sám sobě jsem už připadal jako ďábel.

A zatímco jsem ji takto pustošil ve své duši, ona mne milovala. Sestro, ona mne milovala, a jednoho dne mi projevila svou lásku tak prostě, jako padá květ ze stromu. Bylo to jinak, ó Bože, bylo to jinak, než jak si má vášeň dovedla představit. Především to, že jsem byl neobratný jako chlapec, který miluje poprvé –'

Zakryl si tvář dlaněmi, když to řekl, a ustrnul. ‚Ano, jsem svině,' řekl potom, ‚a zasluhuju všechno, co mne potkalo. Skláněl jsem se nad ní, ležící s očima zavřenýma, a pokoušel jsem se vychutnat svůj domnělý triumf. Byl bych chtěl, aby jí zpod víček vyhrkly slzy, aby si zakryla tvář studem a

24

zoufalstvím; ale její líce byly pokojné a hladké a dýchala jako člověk spící. Bylo mně úzko, zakryl jsem ji a obrátil se k oknu, abych v sobě vybičoval ďábla pýchy. Když jsem se ohlédl, spočívaly její oči na mně jasně a plně. Usmála se a řekla: Tak, teď patřím tobě!'

,Zděsil jsem se – ano, zděsil jsem se úžasem a ponížením. Bylo v ní tolik světla, samozřejmosti, čirosti, nevím, jak bych to pojmenoval. Docela prostě: teď patřím tobě, a vše je v pořádku; tu to máme, tady jsme a nedá se nic dělat. Jaká úleva, jaká jasná věc, jaké jednoduché a nesmírné řešení. Ano, toto je vyřešeno a je to jistota nejjistotnější a zralost nejzralejší: tato rozumná děvečka to řekla najisto a bez váhání. Tak, teď patřím tobě. Hle, jak je hrda, jak je spokojena sama se sebou, že v sobě našla tuto svatosvatou, tuto jasnou a bezpečnou, tuto živoucí pravdu; ještě má oči rozšířeny překvapujícím a ohromným objevem, a už ji naplňuje veliký poklid věci navěky rozhodnuté. Tytéž drobné rysy, které se na několik vteřin roztříštily zmatkem a bolestí, měly nyní nový a konečný výraz řekl bych, výraz člověka, který našel sebe sama. Tak, teď vím, co jsem. Patřím tobě, a to, co se stalo, stalo se právem a naplnil se řád věcí. Jako když ustane čeření, voda se zavře a uhladí a je vidět na dno.'

,Sestro, netajím před vámi nic. Kdyby si byla zarývala ruce do očí, kdyby se otřásala vzlykáním, kdyby cokoli z ní křičelo výčitkou, cos mi to učinil, zlý! – byl bych cítil jen rozkoš vítězství. Rozkoš zlou i dobrou, pýchu, i velkodušnost, i lítost, což já vím; byl bych se asi vrhl na kolena, přísahaje a líbaje její ruce, poskvrněné míniem a tužkami. Ale ne moje bylo toto vítězství; můj byl jen zmatek a hanba, do které jsem se propadal. Pokoušel jsem se cosi koktat o lásce; pozvedla obočí jako udivena: nač o tom mluvit, což je toho ještě třeba? patřím tobě, a tím je řečeno vše: tím je vyslovena láska, souhlas, skutečnost a veškeré ano. Hrubé a necudné by bylo tlachat o citech a vděčnosti. Jaképak řeči? toto jest, stalo se, jsem tvá; a kdybys ještě mluvil, bylo by to, jako by tu cosi bylo k zamluvení. Ach, sestro, sestro, což nechápete, jaká v tom byla moudrá vyspělost, jaká důstojnost a čistota! Což není to tak, že já jsem chtěl hřích, a ona z toho učinila svátost? Jaká hanba, nevěděl jsem co říci; prohlížela si můj byt se zájmem, jako by jej viděla poprvé, a bzučela si malou písničku, ona, která nikdy nezpívala. Neřekla to, ale byla tu prostě doma a patřila sem.'

,Usmála se, sedla si ke mně a tím malým, trochu drsným hlasem mluvila – ne o tom, co je nebo bude, ale o sobě, o svém dětství, o zamilovanostech děvčete; vydávala mi svou minulost, jako by vše mělo patřit mně. Měl jsem pořád ten divný pocit ponížení a méněcennosti; chtěl jsem ji znovu obejmout, ale zvedla jen ruku – stačilo tak málo, aby se ubránila. Ne, řekla beze studu, až zase jindy. Všechno bylo tak prosté a samozřejmé. Patřím-li tobě, není to žádné bláznovství, nýbrž věc rozumná, trvalá a platná. Políbila mne na ústa, jako by tím řekla, nemrač se, maličký. Jako by byla mou matkou, jako by byla starší a silnější než já, zralejší než já – Bylo to až nesnesitelně sladké a přitom, Bůh mi to odpusť, ponižující jako políček.'

,Pak odešla – to znáte, sestro: nejtěžší lidský krok je odchod. Ve způsobu, jakým člověk odchází, se zračí celá jeho rozpačitost nebo nejistota, nebo jeho ukvapenost, sebevědomí, lehkomyslnost nebo samolibost. Pozor na záda, neboť nejsme kryti, když odcházíme. Nevím, jak odešla. Stála ve dveřích s hlavou trochu skloněnou, a pak zmizela. Tak docela lehce a tiše. To je proto důležité, že tak jsem ji viděl naposled.'

,Neboť té noci jsem utekl jako uličník.'"

## IX.

Ctihodná sestra se hlasitě a rozhořčeně vysmrkala do tuhého kapesníku a pokračovala: "Tak mi to řekl. Jeho čin byl ohavný a zdá se, že ho lituje; ale musím říci, že by neměl tak docela omlouvat ono děvče, které, jak praví, se mu vzdalo dobrovolně. I když to podle jeho líčení byla osoba jemná a milá, trest, který ji stihl, byl zasloužený, a my nemůžeme říci, nebyl-li v tom ten člověk do jisté míry nástrojem božím; ale to nezmírňuje jeho vinu.

,Přemýšlím-li teď,' řekl potom, ,o divných pohnutkách, které vedly k mému útěku, vidím je jinak než tehdy. Tehdy jsem byl mlád a měl jsem všeliké, víceméně dobrodružné a nejasné plány; krom toho jsem ještě z dětství nesl v sobě vzpouru proti všemu, co se jmenuje povinnost. Byl ve mně prudký, úzkostlivý odpor proti čemukoliv, co by mne poutalo, a tuto zbabělost jsem považoval za projev své svobody. Poděsila mne přísnost a závaznost její lásky; třebaže stála nade mnou, hrozil jsem se toho, že mám být navěky připoután. Cítil jsem to tak, že se musím rozhodnout mezi sebou a jí, a rozhodl jsem se pro sebe.'

,Dnes vím víc a vidím věci jinak. Dnes vím, že ona byla dál než já, že v ní bylo rozhodnuto vše a ve mně nic, že ona byla zralá a já zůstal zmateným, nedorostlým, neodpovědným chlapcem. To, co jsem si vykládal jako odboj proti poutům, byla hrůza z její životní převahy, hrůza z té veliké jistoty. Mně nebyla dána milost náležet, já nemohl říci: i já patřím tobě, jak mne tu vidíš neměnný, celý a konečný. Nebylo ve mně plnosti člověka, kterého bych jí odevzdal. Říkám vám to suše, jako by to byl účet; ale mohu tak mluvit, protože je to hlavní kniha mého života. Má dáti, dal. Ona mi dala sebe; řekla: tak, teď patřím tobě. A já – všechno, co jsem měl, byla láska, byla vášeň, byl pochybný slib, něco jako nekrytý šek.' Tiše se zasmál. ,Jsem totiž obchodník, sestro, a chtěl bych dát své účty do pořádku. Vězte, že můj útěk byl útěkem insolventního dlužníka. Zůstal jsem jí dlužen sama sebe.'

Zdálo se mi (pravila milosrdná sestra), že se na mne šklebí, jako by se mi posmíval; namáhala jsem se promluvit, ale tu se šklebil tím víc a počal mizet. S úsilím jsem se vytrhla ze spánku, znepokojena snem tak živým. Modlila jsem se za něho i za to děvče, a řeknu vám, že mi to po celý den leželo v hlavě. Noc nato jsem dlouho neusnula; ale sotva mě přemohl spánek, už tu byl on, jako by na to čekal. Seděl opět na těch schůdkách s hlavou skloněnou; zdál se být smutný a neklidný. Za tou chatrčí se vlnilo ve větru pole, porostlé něčím, co se podobalo kukuřici nebo palachu v močále.

‚To není kukuřice,' řekl najednou, ‚to je cukrová třtina. Zdá se, že jsem po mnoho let nakupoval třtinu na ostrovech a pálil z ní rum, aguardiente, jak se tam říká, ale to je vedlejší. Ve skutečnosti jsem nebyl nic víc nežli nedospělý chlapec, který utekl do světa. Mrzí mne, že jsem vám to vylíčil způsobem ne docela vhodným, a záleželo by mi na tom, abych opravil váš nepříznivý dojem. Například, ano: já vím, že do jisté míry odsuzujete to děvče; jste nakloněna v tom, co jsem vám řekl o jejím chování, vidět slabost v pokušení a hříšné uspokojení těla. Kdyby tomu tak bylo, pak by to, co jsem v ní tehdy viděl jako nesmírnou počestnost a trpělivost dokonalé lásky, byl jenom klam zamilovaného mladíka; ale pak, sestro, pak by ta dokonalost lásky musila být ve mně, aniž jsem si toho byl vědom, a můj útěk by potom byl čiré bláznovství. Byl by nepochopitelný, a nepochopitelným by zůstal můj celý život. Já vím, toto je důkaz, kterému se říká nepřímý. Můžete namítnout, že život člověka je nesmyslný a nemůže býti vysvětlen; ale vidím, že tak nesmýšlíte.'

‚Mám ještě jeden nepřímý důkaz, že to, co jsem vám vylíčil, je správné. Tím důkazem je můj život, který jsem vedl od onoho podivného útěku. Musel jsem se jím dopustit něčeho nesmírně zbabělého; musel jsem jím po rušit jakýsi hluboký řád, neboť od té chvíle na mně ležela kletba. Nemyslím tím na svízele, které mne potkávaly, ale na to, že jsem od té doby neměl v ničem stání ani setrvání. Povím vám, sestro, že jsem napotom žil špatným životem; životem, na kterém nespočívala milost; životem člověka, kterému není odpuštěno. Říkám to vašimi slovy; pokud mne se týče, jsem člověk příliš světský a řekl bych to asi tak, že jsem žil jako sviňský dobrodruh, ztracený pes, podvodný agent a přisámbohu, co ještě mizerného a nestálého si dovedete představit; a to všecko proto, že jsem v dané chvíli hanebně selhal. Byl jsem příliš prázdný, nicotný a vnitřně neuzrálý, abych dovedl čelit tomu, když jsem se náhle setkal s celostí života, počkejte, jak bych to řekl; mám na mysli něco, co je řád a trvání, rozřešení, platnost, klid věci navěky hotové. Je-li pravá skutečnost něco, co jest, a co tudíž trvá, tedy jsem utekl před skutečností; byl to zatracený útěk, neboť jsem ji už nenašel. Vy nevíte, sestro, jak plytká a jepičí je veškerá špatnost; musí se pořád obnovovat, ale marná práce: v nedobrém člověk nenaplní sama sebe, a rouhač, vrah, závistivec nebo smilník žije životem podivně kusým a neustáleným. Ach, nemohu dát svůj život dohromady; je to samý úlomek, samá drť, samé kousky, které se neskládají v žádný obraz. Marně, marně se pachtíme se svými malými a zlými skutky; jsou nesouvislé a nespořádané, nic než tříšť a chaos bez hlavy a paty. Tak jest, tak jest, amen; ale vy tomu říkáte špatné svědomí.'

‚Mohu vám ukázat své kapsy; bývaly nacpány zlatem. Mohu vám obnažit svá ramena; je na nich vidět rány bičem a zuby mulatek. Sáhněte si tuto; má játra jsou zduřelá a ztvrdlá chlastem. Jednou na mne přišla červená horečka a jindy mne honili s puškami jako dezertéra. Mohl bych vám vypravovat padesát životů, a všechny jsou lež; zůstaly po nich jen jizvy. Tady v té chýši jsem ležel, nemocen na smrt a sám jako postřelená kočka; počítal jsem své životy, a nemohl jsem se jich dopočítat; myslím, že jsem si je všechny vymyslil v horečce, byly to jen oplzlé a hrozné sny. Dvacet let nebo tak něco, a samé zmotané, nesmyslné, prchající sny. Tehdy mne odvezli do špitálu a nurses v bílých zástěrách mne obkládaly ledem. Bože, jak to dělalo dobře, jak to chladilo; obklady z bílých zástěr a to všechno – víte, jako by na mně nějak záleželo; ale tehdy už do mne vstoupila smrt.'"

## X.

"Řekla bych: prst boží," poznamenala milosrdná sestra. "Nemoc je výstraha, a moudře činí církev, že posílá své sluhy k loži nemocných, aby byli ukazatelem cesty na tomto rozcestí. Ale za našich časů se lidé příliš bojí nemoci a smrti, a proto nerozumějí této výstraze a nedovedou číst mene tekel, psané ohnivou rukou bolesti.

‚Tehdy do mne vstoupila smrt,' řekl tedy. ‚Dostali mne z

toho nejhoršího, ale ležel jsem jako vykuchaný, sláb jako moucha. Nemohu říci, že bych se bál umřít; jenom jsem se divil, že bych mohl, že bych vůbec dovedl umřít, to jest vykonat věc tak vážnou a dalekosáhlou; stál jsem před tím jako před úkolem, se který nejsem. Bylo mi, jako by se ode mne žádalo něco příliš velikého, závažného a rozhodného, a jako by bylo marno bránit se, že na to nestačím; i cítil jsem cosi jako nesmírnou nejistotu nebo úzkost. Zvláštní, předtím jsem se tolikrát střetl se smrtí, a Bůh ví, můj život byl pohnutý a často dost nebezpečný; ale až do té doby měla pro mne zubatá jenom tvář rizika nebo náhody, mohl jsem se jí vysmívat nebo jí čelit; ale teď tu byla jako nutnost a jako nepochopitelné, ale svrchovaně platné a konečné řešení. Chvílemi mne přemáhala slabost a lhostejnost, a tu jsem jí říkal, nu dobře, zavru oči a udělej to beze mne, ale honem; nechci nic vědět. Ale jindy jsem se zlobil na svou dětinskou zbabělost. Vždyť to nic není, říkal jsem si, není to nic tak těžkého; je to jen konec. Každé dobrodružství mělo svůj konec, a toto bude jen o jeden víc. Ale divná věc, ať jsem jak chtěl hloubal, nedovedl jsem si představit smrt jako konec, šmik, jako když se přestřihne nit. Díval jsem se na ni tehdy dost zblízka, a viděl jsem ji jako něco rozsáhlého a trvalého; nemohu říci co, ale je to náramná rozloha v čase, neboť smrt trvá. Řeknu vám, právě toho trvání jsem se hrozně bál; cítil jsem malomyslně, to že nesvedu; nikdy přece jsem nepodnikal nic trvalého a nikdy jsem nepodepsal smlouvu, která by mne vázala na delší dobu. Měl jsem častěji příležitost usadit se a žít slušně a bez velké námahy, ale pokaždé jsem k tomu pocítil prudkou a nepřekonatelnou nechuť; pokládal jsem to za znak své povahy, která potřebuje změny, roupů a ostrovů. A teď, teď že bych měl přistoupit na tento kontrakt navěky? Byl jsem mokrý studeným potem a hekal jsem hrůzou. To přece není možno, to není pro mne, to není pro mne; Bože na nebi, pomoz mi, neboť nejsem pořád ještě zralý, abych se rozhodl s konečnou platností. Ech ano, kdyby šlo zkusit to se smrtí, řekněme na tři měsíce, na půl roku – dobrá, tady je ruka; ale nežádej ode mne, abych ti řekl: Tak, teď patřím tobě.'

‚A. toto, sestro, bylo jako blesk nebo zjevení. Znovu jsem ji viděl, tu dívku tehdy, jak spočívá plna radosti a jistoty a potichu říká: Tak, teď patřím tobě. A znovu jsem stál maličký a pokořený před tou odhodlaností žít, tak jako jsem se směšně třepetal před odhodláním zemřít. A začal jsem rozumět, že stejně jako smrt, i život je udělán z látky trvání, že svým způsobem a svými malými prostředky má vůli a statečnost trvat navěky. A to jsou dvě poloviny, které se doplňují a uzavírají. Ano, je to tak: jen kusý a nahodilý život je smrtí pohlcen, kdežto ten, který je celý a podstatný, se smrtí doplňuje. Dvě poloviny, které se uzavírají ve věčnost. Protože jsem byl v deliriu, viděl jsem to jako dvě duté polokoule, které se mají k sobě přiložit, aby se uzavřely; ale ta jedna byla jako otlučená a zprohýbaná, pouhý střep, a ať jsem to zkoušel jak chtěl, nepasovala k té druhé, k té dokonalé a hladké, která byla smrt. To se musí spravit, říkal jsem si, aby to dvoje do sebe zapadlo: tak, teď patřím tobě.'

‚Tehdy jsem si, sestro, vymyslil svůj život. Říkám: vymyslil, protože mnohé se k ničemu nehodilo a muselo být odvrženo, a naopak chyběly věci podstatné a doplňující. I na mém mládí by bylo mnoho co opravit, ale s tím jsem se příliš nezdržoval; nejdůležitější bylo a je, že v té pravé skutečnosti, to jest v té, která nebyla, a přece jenom jaksi byla, ne jako událost, ale jako smysl – řekněme, jako vytržený list v knize – Bože, co jsem chtěl říci? to dělá ta zimnice. Ano, nejdůležitější je, že v té pravé skutečnosti se měly věci jinak, docela jinak, rozumíte? Totiž měly být jinak, to je to podstatné; a ta pravá historie, jak ve skutečnosti měla být, je – je –' Zuby mu cvakaly, ale násilím se přemáhal. ‚Víte, jak jsem vám řekl,' jektal, ‚jak jsem vám řekl, že ležela – a ona řekla: Tak, teď patřím tobě. To je svatá pravda, sestro, ale dál, dál to mělo být jinak. Teď to vím, protože do mne vešla smrt i život. Já měl říci, ty, ano, tak jsem to měl říci, je to tak, chvála Bohu; ty patříš mně a budeš čekat, budeš čekat, až se vrátím se životem a smrtí v těle. Vidíš přece, že ještě nejsem dost zralý, abych žil. Ještě – ještě nejsem tak celý, abych trval, ne tak statečný, abych se rozhodl; ještě nejsem z jednoho kusu jako ty, jako ty. Prosím tě, co by sis počala s touto hromadou? Vždyť sám nevím, co ze mne bude, nevím, kde mám hlavu a patu. Copak ty, ty jsi věčná, ty víš všechno, co je třeba vědět, ty víš, že patříš; ale já –'

Třásl se na celém těle, když tak mluvil. ,Počkej, i já přijdu a řeknu: Tak, teď patřím tobě. Ach, sestro, rozumíte, ona to věděla, ona to pochopila, i když jsem to neřekl. A proto řekla: Ne, teď ne, až zase podruhé. To znamená, že se mám vrátit, že? Řekněte, řekněte sama, to přece znamená, že na mne bude čekat, ne? A proto se ani nerozloučila, proto jsem ji neviděl odcházet. Já se vrátím, a zapadnou do sebe obě poloviny jako život a smrt; tak, teď patřím tobě. Není žádná pravá a celá skutečnost nežli to, co má být.' Oddychl si zhluboka jako člověk, kterému se bez konce ulevilo. ,Zapadne do sebe láska, smrt, život, všechno, co je ve mně nutné a nepodmíněné. Tady mne máš, teď teprve jsem na svém místě; jediné jisté je náležet. Sebe sama, sebe celého jsem našel v tom, že někomu patřím. Chvála Bohu, chvála Bohu, konečně jsem tady.'

,Ne, pusťte, nemohu čekat, já se vracím. A ona se jenom usměje, tak, teď patřím tobě; už se nebudu bát, nezakreju ji, už jdu, už jdu; já vím, že už přetrhává tkanice a spony svých šatů. Dělejte rychle, víte, že se mám vrátit! Tomuhle vy říkáte vichřice? jděte, já vím, co je cyklón, viděl jsem sloupy smrští; tenhle větřík mně není dost hbitý, aby mne unášel. Copak nevidíte, letí mně do náruče, naklání se a letí, pozor, narazíme na sebe svými čely a zuby, pozor, padáš na mne, padnu na tebe, jak jsi nedočkavá, jak mne strhuješ mezi svá ramena!' Najednou začal horečně blábolit. ,Cože ten pilot letí do prázdna? Sestro, řekněte mu, tam že to není, řekněte mu, aby se vrátil! Nebo ne, jděte k ní a povězte jí, vyřiďte jí, že se vracím! Vždyť víte, že čeká! Proboha vás prosím, řekněte jí, že jsem na cestě, jen co ten pilot najde, kde by přistál; nemohl jsem jí psát, nevím, kde je –' Zvedl ke mně zoufalé oči, plné hrůzy. ,Co – co vy tak – Proč jí to neřeknete? Já musím lítat dokola, dokola, pořád dokolečka; a vy jen na mne mrkáte a nechcete jí nic vyřídit, protože –' Náhle se počal měnit, měl na hlavě kuklu z fáčů a strašně se třásl; a já jsem poznala, že se chechtá. ,Já vím, vy jste zlá, závistivá, protivná jeptiška; máte na ni zlost, že milovala. Nemusíte jí závidět; abyste věděla, já jsem tehdy i po té stránce tak trochu selhal. Snad právě proto, rozumíte, jsem se zachoval tak zbaběle. Abyste věděla, jindy –'"

Milosrdná sestra utkvěla smutnýma, klidnýma očima. "Potom se rouhal; bylo to, jako by z něho mluvil ďábel. Chrlil ze sebe nadávky a hanebnosti – Bůh mně buď milostiv." Pokřižovala se. "Nejstrašnější bylo, že ta slova vycházela z kukly, která neměla úst ani očí. Měla jsem takový strach, že jsem se probudila. Já vím, byla bych měla vzít růženec a modlit se za jeho duši; ale místo toho jsem šla do šestky změřit mu teplotu. Ležel v bezvědomí, měl čtyřicet stupňů a tři čárky a třásl se zimnicí."

## XI.

Teď je to jen třicet osm, sedm desetin; mumlá v horečce a ovázané ruce se nepokojně pohybují po pokrývce. "Nevíte, sestro, co to říká?" ptá se chirurg. Milosrdná sestra vrtí hlavou, rty přísně sevřeny.

"Říká jesr," vyhrkl stařík na sousedním lůžku. "Jesr říká. Jesr."

Yes, sir, dovtípil se chirurg. Tedy anglicky.

"A říkal maňana," vzpomíná si stařík. "Maňaňa nebo maňana." Stařík se skřehotavě uchechtl. "Maňaňa. Maňaňa. Jako dítě v peřince." Připadalo mu to jaksi nesmírně směšné, dusil se smíchem, až to v něm chrčelo; bylo nutno ho okřiknout.

A doposud žádná zpráva, kdo to vlastně je. Básník třikrát denně volá telefonem, haló, víte už něco bližšího? Ne, nevíme nic. A – prosím vás, jak to s ním stojí? – Nu, copak se dá do telefonu pokrčit rameny? Zatím ještě žije.

Odpoledne horečka klesá dál, ale pacient (aspoň to, co je z něho vidět) se zdá žlutší, než byl předtím, a škytá. Že by nějaké zranění jater – nebo to vypadá jako ikterus, váhá chirurg a pro jistotu volá na pomoc slavného internistu. Internista je veselý a růžový starý výtečník, má plno řečí a div radostí neobjímá ctihodnou sestru. Ano, ano, my dva jsme prodělali něco případů, než vás dali na chirurgii, co? Chirurg mu potichu a víceméně latinsky prezentuje casus. Internista mrká zlatými brejličkami na to tělo urobené z vaty a fáčů. "Pozdrav pánbůh," povídá uznale a sedá si na kraj lůžka. Milosrdná sestra snímá mlčky pokrývku. Internista začichal a zvedl oči. "Cukr?"

"Jak to víte?" bručel chirurg. "Já jsem mu ovšem dal vyšetřit vodu... není-li tam krev. Našli mimoto cukr. Vy to poznáte po čichu?"

"Obyčejně se nezmýlím," děl internista. "Aceton se pozná. Holenku, naše ars medica, to je na padesát procent intuice."

"Na to nedám," mínil chirurg. "Já jen... když někoho poprvé vidím, cítím hned: toho bych nechtěl řezat, ani kdyby šlo o kuří oka. Tomu by se něco stalo, embolie nebo co. Ale proč – to nevím."

Internista přejížděl jemně dlaní a prsty trup bezvědomého člověka. "Já bych si ho rád vyšetřil," řekl lítostivě, "ale musíme mu dát pokoj, že?" Opatrně, skoro něžně mu položil růžové ucho na prsa, brejličky vysunuty na čelo. Ticho, i mouchu je slyšet na okně. Konečně se internista vztyčil. "Ale to srdce je hodně utahané," broukal. "To by, panečku, mohlo povídat. A pravý plicní lalok není v pořádku. Zvětšená játra –"

"Proč je tak žlutý?" vyhrkl chirurg trochu ukvapeně.

"To bych také rád věděl," řekl internista zamyšleně. "A ta teplota že šla tak dolů – Ukažte mi vodu, sestro." Sestra mlčky podala nádobu; bylo v ní několik kapek moči hnědé a husté. "Prosím vás," děl internista zvedaje obočí, "kde jste toho člověka vzali? A tak, vy nevíte, odkud vám spadl z nebe. Neměl třesavku, když vám ho dodali?"

"Měl," řekla sestra.

Zdálo se, že internista počítá do pěti. "Pět, nanejvýš šest dní," bručel. "To není dobře možné. Mohl by se sem dostat...

dejme tomu, že Západní Indie... za pět nebo šest dní?"

"Těžko," mínil chirurg. "Skoro vyloučeno. Ledaže by letěl na Kanárské ostrovy nebo tak nějak."

"Tak tedy to není vyloučeno," děl internista kárave. "Prosím vás, kde jinde by vzal fiebre amarilla?" (Vyslovil amarilja, jako by si pochutnával na této výslovnosti.)

"Kde by vzal co?" ptal se chirurg nechápavě.

"Typhus icteroides. Žlutou zimnici. Já jsem viděl za celý život jenom jeden případ, to bylo před třiceti lety v Americe. Teď má phase trompeuse a přichází do žlutého období."

Chirurg se nezdál přesvědčen. "Poslyšte," řekl váhavě, "nemohla by to být Weilova nemoc?"

"Bravo, kolego," děl internista. "Mohla. Chcete, abychom to zkusili na morčatech? To by bylo něco pro mého vlasatého asistenta; je celý divý do toho, trápit morčata. Zůstane-li morče živo a zdrávo, tak mám pravdu já. A já bych řekl," dodával skromně, "že mám pravdu."

"Podle čeho?"

Internista rozhodil rukama. "Intuice, kamaráde. Zítra zase teplota stoupne a přijde vomito negro. Rozhodně sem pošlu toho mládence, aby nám udělal obraz krve."

Chirurg se rozpačitě drbal v týle. "A... a poslyšte, co je to červená horečka?"

"Červená horečka? Á, fievre rouge. To je antilská horečka."

"Jenom na Antilách?"

"Antily, Západní Indie, Amazonka. Proč?"

"Jen tak," zabručel chirurg a podíval se nejistě na milosrdnou sestru. "Ale žlutá zimnice se vyskytuje i v Africe, ne?"

"V Nigérii a tak, ale tam není původní. Když se řekne žlutá zimnice, tak si představuju Haiti nebo Panamu – docela jako krajinu, palmy a všechno."

"Ale jak by se s tím mohl dostat až sem," přemítal chirurg starostlivě. "Inkubace trvá pět dní, že? A za pět dní – To by musel celou cestu letět."

"Nu tak letěl," řekl internista, jako by to dnes už nic nebylo. "Musel mít zatrápeně naspěch, že? Čertví proč se tak hnal."

Bubnoval prsty na pelesti překotné tempo. "Myslím, že vám už neřekne, co ho tak pohánělo. To srdce je tuze špatné, a ten člověk má mnoho za sebou."

Chirurg maličko pokývl a poslal očima milosrdnou sestru ven. "Něco vám ukážu," řekl potom a odhalil stehna bezvědomého; hned u třísel byly v půlkruhu čtyři tvrdé, bílé jizvy a jedna protáhlá jako drápanec. "Můžete nahmatat v mase, jak jdou ty jizvy hluboko," ukazoval. "Pořád mně nedalo, od čeho by mohly být –"

"Nu a?"

"Byl-li v tropech, pak by to mohla být tlapa – tlapa nějaké kočky. Koukejte, jak se ty drápy křečovitě zatínaly. Ale tygří tlapa by byla větší; spíš jaguár – to by mluvilo o Americe."

"Tak vidíte." Internista vítězně zatroubil do kapesníku. "To už máme slušný kus životopisu. Locus: Západní Indie. Curriculum vitae: lovec a dobrodruh –"

"A taky námořník. Má na levém zápěstí pod obvazem vytetovanou kotvu. Původem z takzvaných lepších vrstev: poměrně úzká chodidla –"

"Vůbec tělo, řekl bych, inteligentní. Anamnesis: Potator, zřejmý alkoholik. Zastaralý plicní neduh, který se před nějakou dobou znovu probudil, řekněme následkem horečnaté infekce. Abyste věděl, mně se ta červená horečka docela zamlouvá."

Internistovi svítily oči radostí. "A zajizvená tropická framboezie. Ach, kamaráde, to mne skoro vrací do mého mládí. Daleké země, Indiáni, jaguáři, otrávené šípy a takové věci! Jaký příběh! Světoběžník, který jde do Západní Indie – proč? Co ho tam čerti nesou? Patrně bez cíle, máme-li soudit podle cestovních razítek života. Vede existenci divnou a neklidnou, jeho srdce je na jeho věk děsně opotřebováno; pije ze zoufalství a ze žízně diabetiků – Člověče, já ten život přímo vidím." Starý pán se škrabal zamyšlen na špičce nosu. "A pak ten zvláštní, střemhlavý návrat, ta bláznivá honička za něčím – a někde před cílem nám zemře na žlutou zimnici, kterou mu vpíchla mizerná, maličká Stegomyia fasciata přibližně posledního dne jeho bloudění tam dole."

Chirurg potřásl hlavou. "Zemře na otřes mozku a vnitřní zranění. Jen mně ho nechte."

"Žlutá zimnice je u nás vzácnější," bránil se internista. "Přejte mu, kamaráde, slavný exitus, nechť odejde z tohoto světa jako jedinečný a pozoruhodný Případ. Copak nevypadá s tou ovázanou palicí, která nemá tváře ani jména, jako maska, která má představovat tajemství?" Internista zakryl něžně bezvědomé tělo. "Chudáku, ty nám ještě ledacos povíš, až se do tebe podíváme; ale to už bude příběh tvého života u konce."

## XII.

Ráno teplota znovu stoupá, třicet osm a něco, a fáče kolem úst jsou zčernalé jakoby vydávenou krví. Pacient je žlutý, jak zákon káže, a očitě, jak se říká, jde dolů. "Tak co," ptá se chirurg ctihodné sestry, "dnes v noci nic – dnes se vám o něm nezdálo?"

Milosrdná sestra potřásla rozhodně hlavou. "Ne. Já jsem se modlila, a pomohlo to." Načež mračně dodala: "Krom toho jsem si pro jistotu vzala tři prášky bromidu."

Tu přišla jiná ošetřovatelka a hlásila, ten pacient na třídě, ten s tím abscesem na krku, prý má horečku a škytavku, nemluví a slábne. Brumlaje znepokojen hnal se chirurg do pokoje jasnovidcova, až za ním vlály šosy bílého pláště. Jasnovidec ležel, oči zavřeny, a nos mu tence, pateticky trčel ke stropu.

"Co vy máte co mít horečku," rozkřikl se chirurg. "Ukažte!" Bylo to třicet osm a něco; chirurg mu podrážděně sundal obvazek, ale rána byla čistá, krásná rána, žádný zánět kolem. A vůbec, kde nic, tu nic, jen drobátko zažloutlé oči a škytavka. Chirurg se loudá po chodbě a zapadá znovu do šestky; tam nad lůžkem Případu X stojí slavný internista mezi čtyřmi mladými doktory v bílých pláštích a pronáší "fiebre amarilja", jako by se s tím slovem mazlil. "Kolego," obrátil se k chirurgovi, "nic naplat, musíte nám internistům toho pacienta trochu přenechat. Takový vzácný a krásný případ! Počkejte, přijde vám sem celá fakulta se všemi světly vědy; měl byste mu dát nad postel aspoň baldachýn a nápis ověnčený chvojí: Vítejte nám, nebo tak něco." Zatroubil do kapesníku jako na polnici. "S vaším dovolením bychom mu vzali kapičku krve. Pane sekundáři, řekněte panu asistentovi, aby odebral nemocnému vzorek krve." Když takto instanční cestou dorazil rozkaz k panu asistentovi, který stál u levého lokte velkého internisty, naklonil se tento dlouhý, vlasatý mládenec nad předloktím bezvědomého a otíral je vatičkou.

"Až budete hotov," bručel chirurg internistovi, "potřeboval bych vás na chvíli." Jenže starý doktor nevyčerpal tak hned své nadšení nad žlutou zimnicí a mluvil o ní, ještě když ho chirurg vlekl do pokoje jasnovidcova. "Tak," prohlásil chirurg, "a teď mi řekněte, co tomuhle je." Starý pán zafrkal a pustil se do pacienta všemi krátkými komandy a tichými hmaty svého umění. Vydechnout, nedýchat, zhluboka dechnout, položit se, říci, kdyby to bolelo, a takové známé věci. Konečně toho nechal, mnul si na pochybách špičku nosu a díval se podezřivě na jasnovidce. "Co by mu bylo," povídal. "Nic mu není, všechno je čisté. Těžký neuropat," řekl bezohledně. "Ale co je za tou horečkou, to nevím."

"Tak vidíte," zahromoval chirurg na jasnovidce. "Teď nám, člověče, povězte, co vlastně ráčíte tropit."

"Nic," snažil se zapírat jasnovidec. "Totiž, třeba to souvisí s tím případem, nemyslíte?"

"S jakým případem?"

"S tím člověkem z letadla. Já se jím totiž pořád zabývám… Má zase horečku?"

"Vy jste ho viděl?"

"Neviděl," mumlal jasnovidec. "Ale myslím na něho… to jest, soustředím se na něj. Víte, to je takové spojení. Strašně to vyčerpává."

"On je totiž jasnovidec," poznamenal chirurg chvatně. "A včera jste horečku neměl?"

"Měl," doznával jasnovidec, "ale… já jsem to občas přerušil, a horečka klesla. To se dá řídit vůlí."

Chirurg se podíval tázavě na koryfeje vnitřního lékařství, ale ten se drbal ve vousech a přemítal. "A co bolesti," řekl najednou, "bolesti jste necítil žádné? Myslím bolesti, které má ten druhý."

"Cítil," děl jasnovidec poněkud ostýchavě a nerad. "Totiž byly to čistě duševní bolesti, třeba lokalizované na určitých částech těla. Je tak těžko to přesně říci," omlouval se plaše. "Já bych to nazval duševní bolesti."

"Kde?" uhodil internista.

"Tady," ukazoval jasnovidec.

"Aha, v nadbřišku. Správně," broukl internista spokojeně. "A tady, v břišní stěně?"

"Takový tlak, a pocit jako k zvracení."

"Docela dobře," liboval si internista. "Víc nic?"

"Hrozné bolení hlavy, tady vzadu – a v zádech. Jako by mne přerazil."

"Coup de barre," zaradoval se starý doktor. "Člověče, to je coup de barre! Znamenitě jste to vystihl! To je žlutá zimnice, jak stojí v knize psáno."

Jasnovidec se polekal. "Ale to přece... Myslíte, že bych to mohl dostat?"

"Kdepak," šklebil se internista. "Můžete být klidný, my tu nemáme toho příslušného komára. Sugesce," odpověděl na tázavý pohled chirurgův, a měl patrně pocit, že tím slovem je věc uspokojivě rozřešena. "Sugesce. Ani bych se nedivil, kdyby měl v moči drobet bílkoviny a krve. U hysteriků," řekl, "se nesmíte ničemu divit; ti dovedou kousky – Obraťte se ke světlu!"

"Když mně tak slzejí oči," bránil se jasnovidec. "Nemohu snést světlo."

"V pořádku, chlapík," chválil ho internista. "Správný klinický obraz, kamaráde. Vy jste hotový diagnostický poklad, a umíte pěkně pozorovat. Míním pozorovat sebe. Vy byste byl dobrý pacient. To byste nevěřil, jak někteří lidé nedovedou říci, kde je co bolí."

Jasnovidec byl zřejmě polichocen tímto uznáním. "A tady, pane doktore," ukazoval nesměle, "cítím takovou zvláštní úzkost."

"Epigastrickou," schválil internista, jako by examinoval

pilného medika. "Výtečně."

"A v ústech," vzpomínal si jasnovidec, "pocit, jako bych měl všechno zduřené." Starý pán vítězně a slavně zatroubil. "Tak vidíte," prohlásil k chirurgovi, "to bychom měli doma všechny příznaky Febris flavae. Má diagnóza se potvrzuje. A když si povážím," děl sentimentálně, "že jsem třicet let neviděl žlutou zimnici… Třicet let je dlouhá doba."

Chirurg byl méně spokojen a mračil se na jasnovidce, jenž odpočíval zchvácen a vyčerpán. "Ale pro vás to není zdravé, tyhle experimenty," kázal mu přísně. "Já vás tu nenechám, jděte si domů. Vy byste si nasugeroval nemoci z celého špitálu. Zkrátka sbalte svůj kartáček na zuby a –," ukázal palcem ke dveřím.

Jasnovidec souhlasně a melancholicky pokynul. "Já bych to nevydržel," doznal tiše. "Nedovedete si představit, jak to duševně vyčerpává. Kdyby on…. ten někdo, ten X, byl při vědomí, pak by se dalo to všechno poznat určitě, jasně a… jako by to stálo černé na bílém. Ale při tak hlubokém bezvědomí –" Jasnovidec zavrtěl hlavou. "Strašná, skoro beznadějná práce. Vůbec nic určitého, žádný obrys –" Ukazoval to tenkými prsty ve vzduchu. "A k tomu ty jeho horečky, taková změť i v podvědomí – Všechno zpřeházené a nesouvislé. Přitom ho tu bylo – a je ho tu plno, každý na něho myslí, vy, ošetřovatelky, všichni." Na tváři jasnovidcově se zjevila hluboká, soustředěná trýzeň. "Musím odtud, nebo bych se zbláznil."

Internista se zájmem naslouchal, hlavu na stranu. "A co," děl neurčitě, "poznal jste o něm něco?"

Jasnovidec se posadil a třesoucími se prsty si zapaloval cigaretu. "Něco," vydechl s úlevou kouř. "Kdybych cokoli poznal, vždycky jsou mezery a nejistoty." Mávl rukou. "Poznat, to je narazit na jakési tajemství. Chcete-li vědět, zda jsem narazil na otázky a nejistoty, tedy ano; tedy jsem poznal. Já vím, chtěl byste, abych vám to vypravoval, ale nechcete se ptát." Chvilku přemýšlel přivíraje oči. "A já se toho chci zbavit. Vypovím-li to, budu moci od toho odejít – nechat to ležet, jak byste se ráčil vyjádřit. Člověk se nikdy nezbaví toho, o čem mlčí."

## POVÍDKA JASNOVIDCOVA
## XIII

Jasnovidec seděl na posteli, hubená kolena přitažena až k bradě, vychrtlý a groteskní ve svém pruhovaném pyžama, a díval se do prázdna, jako by šilhal. "To bych vám musel nejdřív naznačit metodu a některé pojmy," začal váhavě. "Dejme tomu, představte si kruh – kruh z mosazného drátu." Přitom nakreslil ve vzduchu kruh. "Kruh je věc viditelná. Můžeme si jej myslet abstraktně, můžeme jej definovat matematicky, ale psychologicky je kruh něco, co vidíme. Kdybych vám zavázal oči, mohli byste ten drát ohmatat a řekli byste, že je to kruh. Měli byste pocit kruhu. A jsou lidé, kteří dovedou se zavřenýma očima rozeznat sluchem, jaký tvar má těleso, které zvučí. V našem případě by slyšeli kruh, kdybychom do toho drátu uhodili paličkou. A kdyby inteligentní moucha putovala po tom drátě, mohla by také dospět k naprosto určitému pocitu kruhu. Musíte pochopit, jaký malý krůček je od těchto fyzických pocitů k duševnímu stavu člověka, který by měl v hluboké tmě pocit, že tady někde je kruh. Bez pomoci očí, sluchu nebo hmatu. Dokonale přesný pocit kruhu. Řeknu vám, že při takovém vyřadění smyslů byste měli daleko silnější vědomí kruhu než látky, ze které je udělán; neboť tvar, a nikoliv látka je věc duševní. A říkám-li pocit, nemíním tím nějaké tušení nebo dohad, nýbrž krajně přesné, pronikavé, řekl bych trýznivě určité vědomí o něčem; ale toto vědomí pojmenovat a vyslovit jako poznatek je těžké, nesmírně těžké –"

Jasnovidec se zarazil. "Proč," mumlal, "proč vlastně jsem volil za příklad zrovna kruh? Tak vidíte, předbíhám, ještě než jsem opravdu začal. Pocit kruhu, který se uzavírá. Tvar obratníku a zároveň tvar života." Zavrtěl odmítavě hlavou. "Ne, takto bychom nikam nepřišli. Já vím, vy oba máte své pochyby o telepatii. A právem. Telepatie je nesmysl, nemůžeme poznávat na dálku; musíme se věcem přiblížit,

přiblížit si hvězdy číslicemi, hmotu rozborem a drobnohledem; a když vyloučíme smysly a tělesnou blízkost, můžeme se čemukoli přiblížit soustředěním. Připouštím, že jsou snad předtuchy, sny, zjevení a vize; připouštím to, ale metodicky to odmítám, popírám a zavrhuju. Nejsem vizionář, jsem analytik; pravá skutečnost se nám nezjevuje; musí být vytěžena přísnou prací, analýzou a soustředěním. Připouštíte, že mozek je nástroj analýzy, ale bráníte se představě, že by mohl být čočkou, která nám přibližuje věci, aniž bychom se hnuli ze svého místa nebo otevřeli oči. Podivná čočka, jejíž konkávnost se mění podle pozornosti a vůle. Podivné přibližování, které se neděje v prostoru ani v čase a jeví se jen intenzitou pocitů a poznatků, které jsou ve vás. Podivná vůle, která do vašeho vědomí přivádí věci na vaší vůli nezávislé. Myslíte představy, které nejsou z vás, nejsou vaše a na jejichž obsah nemáte vlivu. Vaše je jen ta koncentrace. Když se díváte, když nasloucháte, vnímáte svými orgány, ve svých nervových ústředích věci a děje, které jsou mimo vás. Podobně můžete myslit myšlenky a cítit city, které jsou mimo vás, můžete mít vzpomínky, které jsou mimo vás a netýkají se vašeho já. Je to tak přirozené jako vidět nebo slyšet, ale vám chybí ta pozornost a cvik."

Chirurg sebou netrpělivě vrtěl, ale jasnovidec to patrně nepozoroval; docíroval s rozkoší, mával nosem a rukama a krákoral s hluboce uspokojeným přesvědčením, že pěje. "Pozor," řekl a položil prst na nos. "Právě jsem řekl myšlenky, vzpomínky, představy, city. To je hrubá a nesprávná psychologie, a užil jsem těch falešných pojmů jen proto, že vám jsou běžné. Ve skutečnosti, pokud vnímám takto, vnímám kruh, a ne látku, ze které je udělán; mám pocit, mám určitou povědomost člověka, a ne jeho jednotlivých zkušeností, představ a paměti. Rozumějte," pravil, vraště čelo námahou, aby se přesně vyjádřil, "je to člověk v čase svinutém; člověk, ve kterém je přítomně obsaženo i všechno, co kdy byl a co kdy dělal, ale ne jako sled událostí, nýbrž jako – jako –" Ukazoval rukama ve vzduchu cosi úhrnného. "Je to, jako byste filmovali život člověka od narození až do tohoto okamžiku, a pak všechny ty obrázky položili na sebe a promítli je všechny současně. Řeknete, jaká změť! Ano, neboť splývá přítomnost i minulost, všechno se překrývá, a zbývá jen tvar života, něco nepopsatelného a nesmírně osobního: něco jako osobní aura, ve které je uloženo vše –" Nos mu tragicky ustrnul. "Všecko, i budoucnost," vydechl. "Ten člověk nebude živ."

Chirurg frknul. Tohleto věděl také. A bezpečně.

"Rád bych vám to řekl co nejnázorněji," namáhal se jasnovidec. "Řekněme, že by sem přišel člověk vysoce nadaný schopností čichu – jsou takoví lidé. Nejdříve by pocítil jeden simultánní, ne příliš příjemný a značně složitý zápach; jsa schopen čichové pozornosti, počal by ten úhrnný zápach analyzovat; rozeznal by pach špitálu, chirurgie, tabáku, moči, snídaně, nás tří a našich domovů; snad by i poznal, že na tomto lůžku zemřel přede mnou starý muž patrně po operaci ledviny."

Chirurg se zamračil. "Kdo vám to řekl?"

"Nikdo, ale vy neznáte inteligenci čichu. S jistou pozorností je možno rozčlenit daný simultánní dojem na věcný nebo časový sled. Máte-li dost silný, dost pronikavý a celkový pocit určité osobnosti, můžete jej při dostatečné analytické a logické schopnosti rozložit v rozvinutý obraz její životní historie. Z úhrnného tvaru života můžete dedukovat jeho jednotlivé události. Kdybych vám řekl, že to je asi taková práce, jako kdybyste dostal napsán konečný součet dlouhé řady čísel, nic víc než součet, a měl jej rozanalyzovat v jednotlivé položky, které jsou v něm sečteny, usoudil byste, že je to beznadějný úkol. Ano, je těžký, ale beznadějný není; neboť vězte, že ve svém vnitřním charakteru čtyřka, která vznikla součtem dvou dvojek, není táž jako čtyřka, která vznikla složením čtyř jednotek nebo trojky a jednotky."

Seděl nahrben a hroty obratlů se mu rýsovaly jako zježený hřeben. "Hrozné," sténal, "to bylo hrozné, to bezvědomí a horečka. Představte si, čím víc jsem se na něho soustředil, tím víc jsem upadal v mrákoty a v delirium. Totiž já ne, já byl bdělý, ale cítil jsem to bezvědomé a horečné – sám v sobě.

Rozumíte, já to musím najít v sobě, jinak – jinak by to nebylo a nemohl bych poznat –" Třásl se a jeho vychrtlá tvář byla umučená, trapno se dívat. "Prodírat se tím strašným bezvědomím, tím zmateným fyzickým deliriem, ve kterém uplývají tělesná muka jako roztříštěné kry, – a přitom pořád, pořád, pořád mít ten svrchovaně určitý, naléhavý, zdrcující pocit celkového tvaru toho života –" Tiskl si pěsti k spánkům, oči vytřeštěny, a kvílel: "Ó bože, ó bože, to bylo k zešílení!"

Internista zachrchlal a vylovil z kapsy krabičku sladových cukrátek. "Nate, človíčku, vemte si," bručel. Bylo to veliké vyznamenání, kterého se dostávalo málokomu. Vlastně jen zvláště těžkým pacientům dokonalých klinických příznaků.

## XIV.

Jasnovidec se rozveselil, cucal cukrátko a uvelebil se s nohama zkříženýma jako Turek nebo krejčí. "Já vám to znázorním jinak," řekl, "ale upozorňuju vás, že i to je jenom obraz. Když rozezvučíte ladičku A, rozezní se i A struna na houslích nebo na klavíru a rozechvěje se, byť pro nás neslyšitelně, všechno, co je schopno kmitat v A. V podstatě souzníme i my, zpíváme s sebou, když nasloucháme; a hudebně vnímaví jsou ti, kdo dovedou lépe naslouchat sobě samotným. Myslete si, že život je jakési znění, že člověk zní, že zní jeho mysl, paměť i podvědomí; i jeho minulost souzní v tomto a kterémkoliv okamžiku; je to nesmírně složitý a nekonečně mnohohlasý zvuk, ve kterém je přítomno i minulé věčným dozníváním a spoluzněním vrchních a vedlejších tónů; celá minulost zabarvuje zvuk přítomnosti. Myslete si, že i v nás se přenosem zvenčí rozkmitají tytéž vlny, aspoň pokud jsme v nějakém vztahu k člověku, jenž vysílá do prostoru svůj kmitočet – jako každý z nás, každý z nás; to souznění je slabší nebo silnější; to záleží na našem ladění, na naší citlivosti a pozornosti a na intenzitě daného vztahu. Ta rezonance může být tak slabounká a nejasná, že ji nevnímáme; nebo může být tak silná a hluboká, že slyšíme jen ji, jen tu rezonanci, která je nám sdělena. Ale i když si toho souznění nejsme vědomi, uvědomujeme si jeho citovou ozvěnu v náklonnostech neb antipatiích, v nejasných a nevysvětlitelných reakcích, kterými pudově odpovídáme na lidi nám jinak neznámé."

Jasnovidec byl zřejmě spokojen a sál dychtivě na svém cukrátku, mlaskaje a zalykaje se jako nemluvně u prsu. "Ano, je to tak," potvrdil si přesvědčeně. "Musíme naslouchat sami sobě; musíme zkoumat své vlastní nitro, abychom rozeznali to tiché a mnohohlasé zvěstování, jež vysílá někdo druhý. Není jiného jasnozření než pozorovat sama sebe; to, čemu se říká telepatie, není cítění do dálky, nýbrž do blízka, do blízkosti nejbližší a nejtíže přístupné: do sebe sama. Představte si, že byste současně uvedli v činnost všechny píšťaly, rejstříky a pedály varhan; byla by to burácející vřava, ale poznali byste v ní dech i rozsah, sílu a ušlechtilost toho nástroje. Ne, nemohli byste žádnou analýzou zjistit, co kdy na těch varhanách bylo hráno, neboť (aspoň pro naše uši) varhany nemají paměti, která by zabarvila jejich zvuk. Ta první, ta nerozčleněná rezonance, kterou odpovídáme na životní kmitočet někoho druhého, to je také především pocit rozlohy, životního prostoru, síly a ušlechtilosti... pocit naprosto určitého a jedinečného prostorového útvaru, ve kterém se ten život rozvinul se svou zvláštní atmosférou a perspektivou –" Jasnovidec se maličko zmátl. "Tak vidíte, co to pletu dohromady: varhany a perspektivu, zrak i sluch. Je strašně těžko vyjádřit tyto věci. Naše slova jsou náhražky čití, jsou odvozena z vidění, slyšení a hmatání; není možno jimi přesně vyslovit věci, které nejsou přístupny těmto smyslům. Mějte se mnou trpělivost, pánové."

"Nevadí," děl internista povzbudivě. "Toto zaměňování představ a vikarizace smyslů je typický příznak jistých duševních poruch, příbuzných halucinacím. Jen pokračujte, dává to správný klinický obraz."

"Charakteristické je," pokračoval jasnovidec, "že analýzou toho celkového pocitu dostanete naprosto jiný obraz života, než jaký vám dává zkušenost. Zkušenost skládá život z jednotlivých dat; minuty a hodiny skládají den, dny skládají rok, hodiny a dny jsou stavivem života. Člověk je složen ze svých zkušeností, citů, vlastností, činů a projevů. Všechno se nám skládá z malých kousků, které dohromady dávají cosi jako celek; ale chceme-li si ten celek nějak představit, dovedeme si skutečně vybavit jenom větší nebo menší řadu těch kousků, jenom sled epizod, jenom hromadu jednotlivostí. Řekněme, vy," obrátil se náhle na internistu, "vy jste vdovec, že? vzpomeňte si na svou nebožku paní, kterou jste vřele miloval, se kterou jste čtvrt století žil v oddanosti a shodě; a já vám vypočítám, co vám o ní vytane v paměti. Její smrt; její těžký zápas, nad kterým jste bezradně trčel, proklínaje svou vědu; její zvyk rozřezávat knihy jehlicí, zvyk, se kterým jste marně bojoval; den, kdy jste ji poznal; šťastný den, kdy jste spolu sbírali mušle kdesi u moře."

"To bylo v Rimini," řekl starý pán měkce a mávl rukou. "Byla to hodná žena."

"Byla. Ale kdybyste ještě hodiny vzpomínal, nenapadne vás nic než potrhaný řádek dalších a dalších okamžiků, pár vět, pár obrázků – To je všechno. Takto vypadá vaše představa o celém životě člověka vám nejbližšího."

Starý internista si sňal brejličky a pečlivě je čistil; chirurg usilovně dával očima jakési znamení jasnovidci. Haló, tam ne, tam ne, obraťte a jeďte jinam.

"Ano," obrátil jasnovidec poslušně a jel plnou rychlostí jinam. "Zkušenost nám nemůže dát jinou představu; nikdy nevnímáme celého člověka nebo celý život, nýbrž právě jen ty nesouvislé kousky a okamžiky, a ještě jich, chválabohu, většinu poztrácíme. Marná sláva, z toho se nedá složit ani vymyslit celost života. Ale obraťme to, říkám, obraťme to. Pokusme se vyjít, logicky vyjít z představy úhrnného a celého života, nerozděleného na minulost a přítomnost. To je ohromné," počal křičet a téměř si rval nadšením vlasy. "Když si představíte řeku, celou řeku, ne jako klikatou čáru na mapě, ale úhrnně a úplně, s veškerou vodou, která kdy protekla jejími břehy, obsáhne vaše představa pramen i tekoucí řeku, i moře, veškerá moře světa, oblaka, sníh i vodní páru, dech mrtvých a duhu na nebi, to všechno, celý koloběh všech vod na světě bude ta řeka. Jak je to ohromné," vzlykal u vytržení, "jakou to má rozlohu skutečnosti! Jak je to krásné a zdrcující, zachytit představu života, pocit života, pocit člověka v jeho úhrnu a životní velikosti! Ne, ne, ne," mával vztyčeným prstem, "tu rozlohu nerozdrobíte ve dny a hodiny, neroztříštíte v haraburdí vzpomínek; ale rozčleníte ji v nutnosti, v údobí sklenutá jako klenby, v souvislosti, jež budují řád jednoho života; není tu náhody, všechno je nutné a strašně krásné, veškerá příčinnost se zjevuje v současnosti příčin a následků. Není vlastností, není událostí; jsou jen stavební síly," vydechl, "jejichž zápas a rovnováha vytyčily prostor člověka."

Měl pěnu v koutcích úst, byl hrozný na pohled, jak vychrtl vzrušením. "Nu, nu," broukl internista a vytáhl hodinky. "A teď si, přítelíčku, na pět minut lehnete a budete držet zobák. Zavřít oči a zhluboka, pomalu dýchat."

## XV.

Jasnovidec otevřel oči a zhluboka si oddechl. "Mohu už mluvit dál? Pravda je, že tyto věci jdou člověku na nervy." Přemnul si obličej. "Dobře tedy, pokud se týče toho člověka, který spadl z nebe – Jak ho mám jmenovat?"

"My mu říkáme Případ X," poznamenal chirurg.

Jasnovidec se posadil. "Případ X, ano. Čekáte-li, že vám povím, jak se jmenuje, čím přesně je a z kterého města přišel, tedy vám řeknu předem, že to nevím. To jsou podrobnosti, na kterých záleží velmi málo. Po většinu života nelpěl na tom, co bylo toho času jeho povoláním. Mám pocit ohromného životního rozsahu; v tom člověku je mnoho prostoru, mnoho moře, ale nebyl cestovatelem. Rozumíte, životní prostor cestovatelův je měřitelný; ale tady – Chybí tu jakýkoliv cíl; není tu pevného bodu, od kterého by bylo možno určit vzdálenosti a směry."

Jasnovidec se nespokojeně odmlčel. "Ne, ne, musím začít jinak. Vlastně bych měl začít od jeho smrti, která teprve bude, a postupovat zpátky jako provazník. Život Caesarův se začíná tím, že se narodil Caesar, a ne dítě svraštělé a křičící. Měli bychom vyjít od posledního dechu člověka, abychom pochopili, jakou podobu měl jeho život a jaký význam náleží čemukoliv, co prožil. Teprve smrtí je hotovo mládí i narození člověka." Zavrtěl hlavou. "Ale nemohu, nemohu. Jaká bída je naše chápání v čase!"

"Například," začal po chvilce, "řeknu-li vám, že nepoznal matky, zní to jako začátek kroniky. Ale pro mne to nebyl začátek, nýbrž konec dlouhé, namáhavé cesty zpět. Leží v bezvědomí a neví už o ničem; ale i pod tím bezvědomím, na dně té temnoty – hluboko, hluboko v něm je samota, a nad jeho bezvědomím se nesklání ničí stín. Odkud je, z čeho trvale prýští ta vnitřní osamělost? Nutno jít zpět, k začátkům věcí, zpátky celým životem, až tam, kde je zdroj jeho opuštěnosti. Byl jedináček a nepoznal matky. Nikdy nebylo ruky, které by se chytil, nikdo mu neříkal: To nic není, políbím bolest, a už je to pryč. Zvláštní, jak toto chybí v jeho životě. Hlas, který by ho ujišťoval, to nic, to přejde; nekřič, nezmítej sebou a hrej si dál. Tady máš ruku a drž se. Nebylo takové ruky; a proto nikdy, rozumíte, nikdy nemohl sevřít –" Jasnovidec udělal bezradný pohyb. "Silný byl, ale ne trpělivý. Neměl čeho se držet."

"Samota," řekl potom. "Hledá samotu, aby nebylo toho rozporu mezi ním a okolím. Pokouší se jako kus ledu rozpustit svou vnitřní opuštěnost v nesmírné samotě moře nebo cizích zemí. Pořád musí něco opouštět, aby jeho opuštěnost měla vnější příčinu. Všude a pořád to jde s ním –" Zamračil se. "A kde zůstala rodina? Proč mu otec nenahradil ruku matčinu? Na to se musíme zeptat jeho. Musíme se podívat, co to v něm je, to popudlivé a naježené. Ten člověk se nesnáší s lidmi a hledá přímo, jak by se s nimi střetl; neustále má pocit, že se musí bránit, pořád je v konfliktu – Zpátky. Zpátky až k dítěti, které nemá matky a vede s otcem tichý a zuřivý boj. Ti dva si nemohou rozumět. Vdovec chce poroučet a vychovávat za dva, zdvojnásobuje svou autoritu a přepíná ji malicherně, nedůtklivě a s pedantskou sekaturou;

dítě nevyhnutelně vzdoruje a revolta v něm utkvívá jako trvalý mravní tik. Po celý život se nezbaví toho konfliktu se společností, s pořádkem, kázní, subordinací a kdečím; až do své smrti se potýká se svým otcem." Jasnovidec mluvil podrážděně, s pěstmi zaťatými, jako by v něm se odvíjel ten urputný odboj. "Zvláštní, jak se ty dvě protichůdné síly, osamělost a konflikt, utkávají v celém životě toho člověka. Samota ruší konflikt, konflikt ruší samotu; nenaplní se to ani ono, veškerou svou samotou se nestane samotářem, neodnese žádného vítězství ze všech svých vzrušení a potyček; neboť vždycky ho přepadne pocit opuštěnosti. Je zádumčivý a nesnášelivý, prudký a bezradný; řekli byste nestálý, ale tato nestálost je citlivé vyvážení dvou sil vzepřených proti sobě."

"Spočítejme, co je na straně toho, co jsem nazval samota. Snění a touha po klidu. Rezignace, lhostejnost, nedostatek vůle. Lenost a melancholie. Bezcílnost, pasivita a otupění. Atonie, ano. A nyní na straně konfliktu: nespokojenost, podnikavost, duch horečný a vynalézavý, ješitnost, vzdor a paličatost, svévole, vznětlivost a co všechno. Pokud skládáte člověka z vlastností, nu, dejte nějak ty dvě strany dohromady! Člověk je buď líný, nebo podnikavý, nebo snad pruhovaný, střídaje to a ono, že ano? Jakživi nepochopíte člověka, pokud budete popisovat jeho vlastnosti. Nejsou žádné vlastnosti, jsou síly, síly, které se navzájem přemáhají, vyšinují nebo brzdí; a člověk sám, prožívaje jen svou přítomnost, neví, že malý pohyb, který právě koná, je výslednice sil, které probíhají jeho celým životem jako blesky, vyrovnávající napětí mezi zrozením a smrtí."

"Představte si muže, který bloudí z místa na místo, od ostrova k ostrovu, kam bůh dá a náhoda kyne; činí to z lenosti a netečnosti, bez cíle, hledaje samotu a kout pro své tupé snění. Ale totéž může činit z netrpělivosti, dusaje nohou na lodní přídi jako hřebec v kotci: jen už být jinde, zkusit něco jiného a zase to nechat ležet a běžet na cestě za čímkoliv jiným. Ta i ona mapa se může přesně krýt; ale jsou to dva světy, dva rozličné vesmíry; jiný je svět muže, který kácí stromy, staví chýše a zakládá plantáže, nežli svět povaleče, který civí do korun palem, prožívaje rozkoš a stesk své samoty. A já, který jsem se vracel po stopách Případu X, jsem našel dva světy, které se sobě nepodobaly; jenom se prostupovaly, jako se prostupují věci ve snu. Tím jedním světem, tím, kde se horlivě roubí a přitesává, na mne vyhlédla tvář toho druhého světa, tvář smutná a chabá, která poznala marnost všeho; a opět skrze ni se protlačil ten první prostor, ve kterém se křičí, spěchá a staví, hádá a podniká, bůhví proč, čertví co a k čemu. To – to – to nebyla skutečnost," vydechl jasnovidec, "to byla můra, to byl škleb; jednu skutečnost může člověk prožít, ale dvě se mu mohou jen zdát; a ten, kdo bloudí současně dvěma světy, nemá pod nohama půdu a řítí se prázdnotou, v níž není, čím by měřil svůj pád; neboť i hvězdy padají s sebou, když padá člověk. Poslyšte," vybuchl, "ten člověk nebyl úplně skutečný a prožil většinu svého života jako ve snu."

## XVI.

Jasnovidec mlčel, pohlížeje roztržitě a šilhavě na špičky svých prstů.

"Kde žil?" zeptal se chirurg.

"Tropy," mumlal jasnovidec. "Ostrovy. Tmavohnědý pocit, něco jako pražená káva, asfalt, vanilka nebo pleť černochů."

"Kde se narodil?"

"Tady, tady někde," ukazoval jasnovidec neurčitě. "U nás, v Evropě."

"A čím byl?"

"Dohlížitel, ne? Člověk, který křičí na lidi." Svraštil čelo, jako by vzpomínal. "Ale původně byl chemik."

"Kde?"

"Přece v cukrovaru," děl jasnovidec, jako by ho pohoršovalo, že se lze ptát na věc tak samozřejmou. "To se shoduje, že? Ty dva různé světy. V zimě kampaň, honička, křik – a v létě ticho, cukrovar stojí, a jenom v laboratoři pracuje člověk. Nebo sní." Nakreslil prstem ve vzduchu šestiúhelník. "Víte přece, jak se v chemii píší vzorce? Jako šestiúhlý obrazec, z jehož rohů vybíhají písmena. Nebo jako paprsky, které tvoří kříž a větví se –"

"To jsou strukturální formule," vysvětloval internista. "Říká se tomu stereochemie. Víte, ty obrazce znázorňují zřetězení atomů v molekulích."

Jasnovidec pokynul skoro jen nosem. "Ano. Představte si, že se mu ty obrazce skládají v jakousi síť. Dívá se do vzduchu, jak se ty vzorce spojují a prostupují, navazují na sebe nebo se kříží. Čmárá si to na papír a zuří, když ho někdo vyruší. V zimě ne, v zimě je práce, kraval a netrpělivost; ale v létě – taková tovární laboratoř, vypražená sluncem; nasládlý zápach jako po kandysu – Tam sedí s otevřenými ústy a civí do prázdna na ty vzorce; vypadá to jako včelí plástev, kde se obrazec váže k obrazci v jeden řád. Ale není to plocha, je to prostor o třech, o čtyřech rozměrech; pořád mu to uniká, když to chce nakreslit na plochu papíru. A takový žár – je slyšet i bzučení mouchy dorážející na sklo."

Jasnovidec zamyšlen mrkal s hlavou skloněnou na stranu. "To není jeden okamžik, to jsou týdny a měsíce – nevím kolik let. Pořád konstruuje ten chemický prostor, stavěný z formulí, které se doplňují a zapadají do sebe. To už nejsou skutečné a známé sloučeniny, ale možné a fiktivní; nejsoucí a nové kompozice, které by doplnily prázdnou mezeru v chemickém prostoru; nové a neznámé izo – izomerie a polymerie," vyhrkl nejistě, "polymerie a polyvalence, které ho převádějí k netušeným spojením atomů. Sní o těchto předpokládaných chemických sloučeninách a jejich možných vlastnostech. Jsou to léky, duhové barvy, neznámé vůně, třaskaviny, látky, kterými se může změnit tvář světa. Popisuje sešit za sešitem formulemi benzolů, kyselin, cukrů a solí, které dosud neexistují, ale které vyplní své místo v tom prostoru vykrystalizovaném z chemických obrazců. Čím dál tím víc počíná věřit, že je možno předpokládat a vypočítat neznámé molekule sloučenin, tak jako Mendělejev vypočítal neznámé atomy prvků. Přitom jím lomcuje radost, že popírá a bourá dosavadní vědu – pořád ten motiv konfliktu a odboje. Načíná laboratorní pokusy s tím oním předpokládaným sloučením hmot; ale pokusy se nedaří, tovární laboratoř na ně nestačí. Sebere jeden nebo dva vzorce, které, jak se mu zdá, leží přímo na dlani, jen je technicky provést, a jede za mezinárodním světlem chemické vědy předložit mu je a přesvědčit toho velekněze, že to stojí za široce založený pokus."

Jasnovidec pokrčil špičatými rameny. "Rozumí se, bylo to zdrcující. Velekněz vědy několika slovy rozbil předpoklady mladého chemika na trty. Nesmysl, nemožno. Neznáte patrně práci toho a toho, přečtěte si to a to dílo. A nakonec vzácná blahovůle: Můžete ostatně zůstat u mne; dám vám nějakou práci, třeba utírat knoty kahanů nebo obsluhovat filtry. Budete-li trpělivý, a až se naučíte vědecky pracovat...

Jenže Případ X nebyl trpělivý a nechtěl se naučit vědecky pracovat; odešel koktaje a prchal z trosek svého chemického prostoru v takové panice, že – že – že se zastavil až na prahu stínu, kde se na něho dobromyslně a nevědecky cenily široké zuby černochů."

Jasnovidec zvedl prst. "Aby nebylo omylu: Ten vědecký bonz jednal správně a poctivě, neboť hájil vědu proti rušiteli. Byl by ochoten přijmout prokázaný fakt, ale odmítal, zásadně odmítal domněnku, která by pro začátek natropila víc nepořádku a nejistoty než čeho jiného. Musel rozdrtit Případ X; vězte, že v celosti života se věci nedějí nahodile a nazdařbůh, nýbrž řízeny nutnostmi."

Chirurg se zřejmě polekal, že jasnovidec se opět obrací k věcem odtažitým, a proto se honem ptal: "Potom už nebyl chemikem?"

"Ne, potom už nebyl chemikem. Nebyl v něm hlas, který by mu řekl: To nic není, to přejde, hrej si dál. Každé jeho ztroskotání bylo konečné a nedalo se odčinit. Když se mu několika slovy zbourala jeho chemická klenba, vyvstal v něm přesilně ten vrozený pocit samoty a opuštěnosti, – rozumíte, bezmála uspokojení, že to jsou takové trosky, takové hrozné rumiště. Schoval své sešity, aniž se do nich podíval, a odešel i z cukrovaru, aby ta paseka byla ještě větší; až se sám zhrozil toho pocitu marnosti a nicoty, a ještě víc toho, že mu je vlastně tak dobře v tom rozvratu, a začal prchat."

"Byl mladý člověk," namítal chirurg, "což neměl nikoho –"

"Měl."

"Děvče, ne?"

"Ano."

"...Měl ji rád?"

"Ano."

Bylo ticho. Jasnovidec, kolena objata, zaklopil oči a podrážděně sykal. "Přece nebudu povídat všechno," vycedil konečně. "Nejsem žádná kronika. Jistě i v jeho lásce byla samota a vzdor, a jistě ji zničil, jako zničil všechno: ze vzdoru a proto, že odcházel do samoty. Jaká spoušť! Teď si může sednout a dívat se, jaké jsou ze všeho nadělány střepy. Jako dítě zalézal do komory s harampátím; tam ho nikdo nenašel, tam byl sám, a jeho vzdor roztával samotou. Pořád stejný rukopis života." A črtal cosi do vzduchu. "Vzdor ho posunuje a samota odpoutává. Ležel by na místě, ale popichuje ho odboj. Zůstal by z umíněnosti, ale ta samota v něm mávne rukou, nač to, nač to! Zbývá bloudění."

Jasnovidec zvedl hlavu. "Možná že byl geniální chemik. Možná že jeho nápady by převrátily svět. Ale copak si myslíte, že by člověk jeho založení měl trpělivost krok za krokem, pokus za pokusem, za cenu všivých omylů a nezdarů vědecky vypiplat a dokázat svůj řád chemických pořadnic? Stál na prahu něčeho velikého, ale děsila ho ta soustavná, metodická, vědecká dřina, která by ho dovedla o píď dál. Musel se rozbít. To byl jeho vnitřní osud, vlastně cosi jako únik před úkolem, který byl nad jeho síly. Kdyby byl zůstal chemikem, byl by také jen bloudil mezi pokusy a fantaziemi, od věci k věci, bez cíle, ztráceje se v prostoru příliš velikém. Proto musí tělesně bloudit po mořích a ostrovech, aby tím bylo zastoupeno veliké bloudění jeho ducha. Vy," bodl prstem po internistovi, "jste mluvil o zaměňování představ. Vězte, že je také vikarizace osudů, a že někdy naše zevní příběhy suplují daleko hlubší děj, který je vepsán v nás."

# XVII.

Jasnovidec vztáhl ruku po cigaretě; chirurg cvakl zapalovačem a podal mu oheň. "Muchissimas gracias," mumlal jasnovidec, hluboko se ukláněje; ani si nevšiml, že chirurg se přitom dívá na reakci jeho zorniček. "Zvláštní," děl odprskávaje drobty tabáku. "Zvláštní, jak na člověku ulpívá jeho prostředí, tedy to, čemu se říká zevní svět. Prostředí se vztahuje k jeho vnitřnímu já daleko silněji než jako souhrn činitelů, které podmiňují jeho konání. Spíš," řekl váhavě, "jako by toto prostředí vyplývalo z jeho nitra nebo bylo podmíněno jeho životem; jako by bylo prostě... rozvíjením osudu, který je v něm. Ano, správně, je to tak, pociťujeme-li život člověka jako celek, a ne jako sled náhod."

"Dejme tomu... Případ X. Neobyčejně prostorový dojem; je na něm mnoho moře a mnoho míst – rozumíte, čistě rozsahově a početně množství samot, odchodů a toho neklidu, který se zračí v těkání z místa na místo. Člověk, jehož duše je složitá, žije v prostředí složitém a divném. Ta horká, sluncem rozpálená tovární laboratoř, ve které bloudil mezi vzorci a vidinami, je tušení palčivých zemí, ve kterých bude bloudit, provázen vůní praženého cukru. Kde byl? Mám dokonale určitý dojem prostorový a čichový. Žár, který se třese nad hnědým polem. Hluboký, věčný bzukot a praskající šum, hrdelní bublání a skřeky podobné smíchu a dávení. Země udělané z letargie a horečného vzrušení. A pořád moře, moře neklidné a světélkující. Lodě, které páchnou rozpáleným dřívím, dehtem a čokoládou. Guadelup, Haiti a Trinidad."

"Cože?" vyhrkl chirurg.

"Co?" ptal se jasnovidec roztržitě.

"Řekl jste Guadelup, Haiti a Trinidad."

"Já?" podivil se jasnovidec. "Ani nevím, nemyslil jsem vůbec na žádná jména." Svraštil čelo. "Divné, že jsem to řekl. Nestalo se vám nikdy, že jste si něco uvědomili teprve tím, že jste to vyslovili? Bude to asi tak. Kuba, Jamajka, Haiti, Portorico," vypočítával jako školák. "Martinique, Barbados,

Antily, a B - Bahamské ostrovy," vyklopil s úlevou. "Bože, kolik let jsem si už na ta jména nevzpomněl," radoval se. "Míval jsem tak rád ta exotická slova: Antily, antilopy, mantily -" Náhle se zarazil. "Mantily, mantily, počkejte: španělské dámy, Kuba - Musel někdy být na Kubě," vydechl. "Mám takový... španělský pocit, nevím, jak bych to řekl; je to jako nějaká romance."

"Před chvílí jste řekl muchissimas gracias," připomněl chirurg.

"Tak? Ani nevím." Zamyšleně šilhal stranou. "Vidíte, to také dává... takovou zvláštní rozlohu. Na jedné straně ty staré španělské rodiny, aristokracie, pane, svět pro sebe, tradice a důstojnost, mantily a krinolíny; nebo američtí lodní důstojníci - jak se ty světy srážejí. Co tu je ras a pronárodů... až po ty černochy na mýtině, kteří trhají v zubech živé kuře, vůdů, vůdů - Bučení a čvachtání žab, které se páří; dřevěný klapot mlýna drtícího třtinu; skřek a řehot mulatek tlukoucích nohama v křeči rozkoše; zuby a lesklá těla - Jaké horko, jaké horko," mumlal zalit potem, až se mu plihé pyžama lepilo na záda. "Vrčení můry, která zapraská, když vletí do ohně. A nad hlavou Jižní kříž, podobný chemickému vzorci, a tisíce hvězdných skupenství, jež rýsují na nebi obrazce neznámých a těžce vonících sloučenin."

"A zase," zamával vztyčeným prstem, "je to mimo něj a v něm zároveň: lenost a bujení - slepá tvořivá síla i ta ospalá otupělost, dvě horečky, oheň umrtvující i plodivý. V něm, v něm, všecko je v něm. Zase ty žáby, které se pojímají z nekonečné nudy, dřevěný mlýn rutiny, zvířecí řičení, bosé tlapy pleskající potmě za upoceným a marným ukojením - a strašlivě planoucí hvězdy, a člověk ve vesmíru připíchnutý k zemi jako roztažený brouk; a zase loď, jež sebou trhá na kotevním řetězu a tupě se kolébá ve slizké vodě přístavu: netrpělivá touha utéci těm žabám a tomu mlýnu; pocit, že by všechno mělo být jinak, ale že to snad nestojí za to. Kusy světa nebo kusy duše: máte to jedno. Všechno je jedno."

"Byl alkoholik, že?" ptal se internista. "Těžký piják, ne?"

"Což víme," řekl jasnovidec neurčitě, "pije-li člověk ze

samoty nebo ze vzdoru? Copak on to v sobě uvolňuje a rozpouští: led opuštěnosti, či vzteklý a poskakující plamínek? Máte pravdu, zchátral velice; mohl být mocným pánem s tlustými pysky, místo aby se válel napuchlý rumem nebo vysušen horečkou jako došek. Proč si nepořídil zlatou kouli, která by ho připoutala na jedno místo? Majetek činí člověka usedlým a rozšafným. Mohl být bohat a bát se smrti."

"Nic víc?" ptal se chirurg po chvíli mlčení.

Jasnovidec se rozšklebil. "Chcete, abych si něco vymyslil, ne? Krásnou kreolku, kterou by miloval. Nějakou exotickou revoluci, ve které by mu šlo o život. Dravou zvěř a cyklóny. Zajímavé události pohnutého života. Lituju," děl výsměšně, "ale události nejsou můj obor; dívám se na život v celosti a nemohu vám posloužit pestrými příběhy." Zdál se rozmrzelý jako ten, kdo ztratil nit. "Já vím," brumlal, "vás zajímá ta jizva na noze. To nic nebylo, jen náhoda; neměl náruživost lovu a nehledal vzrušení v nebezpečích." Vraštil čelo a komíhal se v námaze vzpomínání. "To ho přepadla šelma, kterou honili jiní," vyhrkl konečně, rád, že je to odbyto. "Pravda, mnoho prodělal; ale to bylo tím, že zprvu byl netrpělivý a prchlý; to je dispozice k příhodám, jaké nepotkávají lidi ducha pokojného. Později zleniěl a otupěl a počal obrůstat penězi, aniž o ně dbal; jeho zevní bloudění ustávalo, nahrazeno ospalou a obluzenou těkavostí jeho mysli. Většinu dní ležel ve své světnici, ústa pootevřena horkem, a naslouchal, jak dorážejí mouchy na okenní síť; po celé hodiny, po celé dny civěl na strop a stěny polepené vzorkovanou tapetou. Byly to samé obrazce šestiúhlé, podobné včelí plástvi, a vydržel je sledovat bez myšlenky a bez hnutí."

## XVIII.

"Zvláštní," hloubal jasnovidec, "jak se jeho život uzavíral a téměř vyrovnal v tom pocitu osamělosti. Patrně v jeho dětství ho obklopovaly stěny polepené stejnými nebo podobnými obrazci, a už tehdy v něm byla ta samota. Kdyby byl nahlas zaplakal, přišla by chůva zeptat se, co mu je; jenže nyní to je stará černoška s prsy dlouhými a pleskajícími jako leklí kapři. Ten celý život by docela dobře mohl být jenom snění obstoupené těmi pravidelnými obrazci; kdožpak ví, jak dlouho trvá sen, snad vteřinu, snad hodinu. Všechno ostatní přicházelo vlastně jen rušit tu ustrnulou samotu osamělého dítěte: tatínek se svým napomínáním, škola, mládí, cukrovar, a toho pobíhání, bože, toho zbytečného pobíhání! Jakási ohromná, oranžová a zelená, tečkovaná ploštice pobíhá po vzorkované tapetě, ale ne rovnou cestou, jako by někam chtěla dorazit, ale sem tam, sem tam, vždycky se chvilku zastaví a zas někam jinam; dívá se na ni po celé hodiny, příliš líný, aby vstal a shodil ji. A pak, ano, pak ještě to zuřivé, podrážděné bzučení mouchy, která doráží hlavou na okenní síť. Toto je vše; ale to, co sem zaléhá zvenčí, tlachy negrů, klapot mlýna, suchý šelest palem, chřestění třtinových snopů, praskot slunečního požáru, tisícerý hlas a šum, to nic není, jen takové zdání; lze přivřít oči a naslouchat, jak to uplývá do ničeho."

"V tom letargickém stavu mu padl do rukou kus papíru nebo sešit, sešit nějaké odborné publikace nebo co; listuje v něm bez zájmu a zastaví se nad šestiúhlým obrazcem, z jehož rohů vybíhají paprsky označené atomovými písmeny. Co s tím, co s tím, to už je příliš dávno, co ho takové věci zajímaly. Ale obrazce na stěně se přeměňují v chemické formule, vypadá to, jako by se šklebily; bere znovu do ruky ten kus papíru a studuje se staženým obočím ten obrazec, slabikuje písmena a prodírá se učeným textem. Náhle se posadí, vyskočí, běhá po pokoji a tluče se do hlavy. Ano, ano, vždyť je to právě ten obrazec, ta zatracená chemická formule, se kterou tehdy, je tomu víc než dvacet let, ano, jaká doba, kristepane, jaká doba!, se kterou tehdy jel za veleknězem chemie, a pane profesore, kdybyste dovolil podniknout laboratorní práce – ve větším měřítku – s touto předpokládanou sloučeninou. Zvedl ježaté obočí, jaké dlouhé chlupy: nesmysl, nemožno. Neznáte patrně tu a tu autoritu, nečetl jste to a to dílo: dokázal jsem vědecky už dávno, že benzolová skupina, a tak dále. Případ X běhá po světnici a rozčileně se pochechtává. A tady je to černé na bílém, podepsáno nějakým Amerikánem, to se rozumí; a prý netušené průmyslové možnosti – Případ X se zastavuje, jako by ho přibil do země. A to byl jen jeden článek v řetězu možností, jeden úhelník v klenbě; obrazec se váže k obrazci jako buňky ve včelí plástvi podle geometrických zákonů. A tohle oni nevědí, chechtal se Případ X, na to nepřišli; ale je to napsáno, všechno je nakresleno a napsáno v těch sešitech, uložených v jakési bedničce, v jakési komoře s harampátím. Byly tam také rozbité hračky a šaty po mamince. Snad to už všechno sežrali termiti. Ne, tam nahoře bílí mravenci nejsou; tam zůstalo všechno, jak bylo…"

Jasnovidec, sedě na posteli, počal komíhat trupem. "Sedí na posteli a komíhá se, usilovně vzpomíná, jak byly ty druhé vzorce a jak to souviselo dál. Ale je zpitomělý chlastem a netečností, lety a samotou; tluče pěstí do toho učeného papíru, jako by jej chtěl přinutit k poddajnosti, ale co dělat, co dělat s tou tupou a strnulou hlavou. Místo chemických obrazců se mu plete Jižní kříž, Eridanus, Centaur a Hydra. Ještě se pokouší mávnout nad tím vším rukou, ale sedí to v něm jako hrozné a trnoucí napětí; a najednou je to tady – jako blesk: Pojedu domů a najdu ty sešity. Jako by z něho všechno spadlo, takové zvláštní a nesmírné uvolnění. Tehdy vstal, otevřel okno mouše, která zuřivě a zoufale dorážela na síť, a vysvobodil i ploštici bezradně těkající po stěně."

Jasnovidec, s hlavou na stranu, se zdál vychutnávat tento obraz. "Zvláštní je," poznamenal, "že tutéž událost lze vyložit dvojím naprosto různým a přitom správným způsobem. Rozhodl-li se Případ X tak překotně k návratu, řekli byste a řekl by i on: to bylo proto, aby mu nebyl ukraden jeho duševní majetek. Počal se strašně bát o své sešity, když viděl, že by mohly mít jakousi cenu. Zajisté lze z toho vytěžit značné peníze – ani ta stránka věci nebyla lhostejna Případu X, který už nebyl mladíkem. Ale hlavně tu byl ten motiv, že šlo o jeho věc, ten prudký přízvuk na já, jemuž neuniká nikdo z nás lidí. Hájíme svou věc, své právo, své dílo tak instinktivně a zuřivě, jako bychom hájili svůj vlastní život."

"Ale na druhé straně," děl jasnovidec a naklonil hlavu k druhému rameni, jako by tím získal vhodný zorný úhel, "toto jsou pohnutky okamžité čili aktuální, řekl bych, pouhé záminky, aby mohl být vykonán akt rozhodnutí. Nazíráme-li na Případ X v úhrnu jeho života, má se věc jinak. Nešlo jen o jeho duševní vlastnictví, nýbrž o něco většího a těžšího: o jeho povinnost, které kdysi unikl tím, že se nechal porazit. Porušil svůj úkol, se který nebyl, a pustil jej z ruky; od té doby žil životem lichým a nesvým, životem bludným; mohlo by se říci, sešel z cesty. Ano, tomu se říká tragická vina, a je to opravdu vina, i když nemohl jednat jinak. A nyní se vrací – nebo je svým vnitřním řízením vracen k cestě, kterou ztratil, protože mu nebyla dána trpělivost a odhodlání, aby šel po ní dál. Vrací se, člověk organicky zničený, zamořený opojením únavy, ale zralý. Teď už zná strašnou a neodmluvnou závaznost života, neboť cítí povinnost umřít. Kruh se uzavírá a veškerá nutnost se naplňuje."

"Tedy se chtěl vrátit," připomněl chirurg po chvíli.

"Ano, ale předem bylo nutno vykonat to ono: prodat majetek a podobně. Čím víc se zadrhují tyto vnější překážky, tím prudčeji se zhušťuje jeho netrpělivost; prodlením dnů se jeho chvat stává skoro křečí. Je bez sebe zběsilostí návratu, každá minuta je mu sžíravou trýzní; konečně zašmodrchá a přerve vše a řítí se zpátky, zpátky, tam, odkud vyšel."

"Lodí?" zeptal se chirurg.

"…Nevím. Ale kdyby byl unášen světelným paprskem, bylo by mu i to nesnesitelně dlouhé a zatínal by nehty do dlaní v nepříčetné netrpělivosti. Jistě byl jeho návrat prudký a nekonečný jako střemhlavý pád."

"Díval jsem se na mapu," podotkl chirurg. "Mohl letět via Florida, Kanada, Evropa nebo via Port Natal, Dakar, Evropa. Ale jaká náhoda, že by byl našel pohotové letadlo!"

"Náhoda," mumlal jasnovidec. "Není žádných náhod. Bylo nutno, aby se ubíral tak prudce. Nechává za sebou ohnivou čáru jako meteor."

"A... proč se zřítil?"

"To už byl doma." Jasnovidec zvedl oči. "Rozumíte, musel se zřítit. Nebyl by už mohl nic udělat. Stačí, že se vrátil."

## XIX.

Co dělat, co dělat, když to srdce slábne; tepe rychle, pořád rychleji, ale krevní tlak klesá; brzo-li pak se slabým škytnutím se to utahané srdce nezastaví, a konec. Konec Případu X. Kdo mu dal k posteli tu kytičku?

"Prý teď mají na žlutou zimnici nové sérum," ozval se slavný internista. "Ale kde bychom to tady vzali, ne? Ostatně zemře slabostí srdce, v tom mu ani pánbůh nepomůže."

Milosrdná sestra se pokřižovala.

"Ten váš jasnovidec," pokračoval starý koryfej, sedící na kraji lůžka, "to je pěkný psychopat. Ale to, jak líčil střídání těch samotářských a podrážděných stavů, bylo docela zajímavé. Svědčilo by to o cyklickém střídání depresí a excitací člověka špatně vyváženého. To nám dostatečně vysvětluje historii Případu X."

"Mnoho-li o ní víme," krčil chirurg rameny.

"Přece něco, kamaráde," děl internista. "To tělo povídá mnoho. Například, že byl tam dole dlouho, ale že se tam nenarodil; chytl kdejakou tropickou nemoc, ergo nebyl aklimatizován. Prosím vás, proč utekl do takových zatracených končin?"

"Nevím," bručel chirurg. "Já nejsem jasnovidec."

"Já také ne, ale jsem doktor," řekl starý pán s jakýmsi ostnem. "Koukejte se, byl to cyklický neurotik, rozpolcený člověk snadno podléhající depresím –"

"To vám vyložil ten věštec," ušklíbl se chirurg.

"Zajisté, ale patelární reflexy taky něco říkají. Hm, co jsem chtěl – Ano, takový cyklothymik má snadno konflikt se svým prostředím nebo povoláním; přemůže ho omrzelost, praští vším a uteče. Kdyby byl fyzicky útlejší, snad by se pasívně podrobil; ale ten chlap byl animálně tak vyvinut, – všiml jste si, ne?"

"Ovšem."

"Jeho reakce musely být abnormálně prudké, přímo vyšinující. Neměl bych to jako doktor říkat, ale tělesná slabost je u mnoha lidí něco jako moudrá a jemná pouta; pudově brzdí své reakce, protože mají strach, aby se nerozbili. Tenhleten nemusel být na sebe tak opatrný; proto se odvážil takového skoku... až do Zadní Indie, co?"

"Via námořní služba," připomněl chirurg.

"I to ukazuje na toulavou obsesi, ne? Jak jste si ráčil všimnout, je to tělo vzdělaného člověka; ten Případ se nenarodil jako šupák, a stal-li se plavcem nebo dobrodruhem, svědčí to o zatrápeném přelomu života. Jaký to byl konflikt? To je lhostejno; ať byl takový, nebo onaký, byl podmíněn prostě jeho konstitucí."

Internista se naklonil nad krevní manometr, upevněný na paži bezvědomého. "Je to špatné," vzdychl, "jde dolů; už to nebude dlouho trvat." Škrabal se na nose a lítostivě si prohlížel to nepohnuté, slabě a trhaně dýchající tělo. "Se divím," řekl, "tam dole jsou přece dost dobří doktoři, ti koloniální; že ho nechali tak rozežrat tou framboezií. To on asi žil někde, kde bylo k doktorům příliš daleko; možná že mu to mastil nějaký černošský kouzelník na Haiti nebo kde. Holenku, to nebyl civilizovaný život. Jaja." Zatroubil do kapesníku a pečlivě to rozemnul. "Historie života. Ledacos se dá přečíst." Starý pán kýval povážlivě hlavou. "A pil, musel pívat do němoty. Představte si, v tom klimatu, v tom horečném dusnu – To ani nebyl život, to bylo polovědomí, obluzení, bloudění mimo skutečnost – –"

"Mne nejvíc zajímá," řekl chirurg v náhlé a u něho neobvyklé sdílnosti, "proč vlastně se vracel – proč se vracel s takovým hrozným spěchem. Už to, že letěl za takové vichřice, jako by nemohl počkat – A pak to, že s sebou přivezl žlutou zimnici. Čtyři nebo pět dní před tou havárií musel být někde v tropech, že? To znamená, že musel... já nevím: patrně z letadla do letadla – Je to divné. Myslím pořád na to, jakou to měl strašně silnou příčinu, aby se vracel s takovým chvatem. A bum, v tom úprku se zabil."

Internista zvedl hlavu. "Poslyšte... on musel stejně umřít. I kdyby se nezřítil... Už s ním byl pomalu konec."

"Proč?"

"Cukr, játra – a hlavně to srdce. Už se nedalo nic dělat. Ech, kamaráde, to není jen tak, vracet se. Příliš daleká cesta." Starý pán se zvedl. "Sundejte mu, sestřičko, ten sfygmometr. Inu, vrátil se a už je skoro doma. Teď už nebloudí, jde docela najisto, – viď, člověče?"

"Milý doktore,

až budete mít volnou chvíli, přečtěte si těch pár čtvrtek papíru, které přikládám. Abyste to věděl předem, jednají o člověku, který, spadl z nebe a jehož jste ve špitále nazvali Případ X. Radil jste mi, abych na něho už nemyslil; neposlechl jsem vás, a následek toho jsou tyto stránky. Kdyby byl měl na tabulce nad hlavou napsáno jméno nebo kdyby se o něm vědělo něco byť sebemenšího, nebylo by mne asi napadlo hloubat o něm; ale jeho fatální inkognito mi nedalo dobře dělat. Z čehož vidíte, jak zevní a nahodilé jsou příčiny, které podněcují naši mysl.

Myslil jsem od té chvíle na něho, což znamená v řeči spisovné, že jsem o něm skládal povídku, jednu z tisíců povídek, které jsem nenapsal a nenapíšu. Je to těžký zlozvyk, dívat se na lidi a na věci jako na možné příběhy. Jakmile připustíte do svého myšlení možnost, jste ztracen; otvíráte, jak se říká, dokořán dveře své fantazii; nic vám nebrání vymýšlet si cokoliv, neboť oblast možností je nevyčerpatelná a otvírá se za každou tváří i událostí do nedohledna, s příjemnou a znepokojivou volností. Ale pozor, zastav! sotva se pustíš tím směrem, shledáváš, že i tou cestou fikcí se musíš ubírat s jistotou, zkoumaje správnost každého kroku. Tu to máme! teď abychom si lámali hlavu, která možnost je možná a pravděpodobná; abychom ji opírali znalostmi a důvody; abychom se potýkali se svou vlastní fantazií, střežíce ji, aby neztratila tu tajemnou a správnou cestu, která se jmenuje pravda. Jaké bláznovství vycucávat si pravdu z prstu! jaký nesmysl vymýšlet si lidi a příběhy a pak s nimi zacházet jako se skutečností! Řeknu vám větu metafyzického šílenství: možnost, která by mezi všemi byla jediná možná, byla by skutečností. Hle, fixní idea fantastů: honit skutečnost oklikami přeludů. Myslíte-li, že nám stačí vyrábět iluze, jste na omylu; naše mánie je obludnější: pokoušíme se o samu skutečnost.

Zkrátka: tři dny (počítaje v to i spánek a sny) jsem usiloval o skutečnost jednoho života, který jsem si bez ostychu vymyslil od a až do zet. Nenapíšu ten příběh, jako jsem nenapsal většinu jiných; ale abych se ho zbavil – Mimoto vy jste mého hrdinu víceméně vyrobil z kalika a vaty, a proto vám ho vracím. Nehledíc k tomu, že jste mi poradil, abych pouštěl duhové bubliny. Tato mohla být velmi duhová; ale doba prý je příliš vážná, abychom se dívali fascinováni do planoucích a měnivých barev života."

Chirurg s nedůvěrou počítal listy básníkova rukopisu, když se pootevřely dveře; stála v nich milosrdná sestra a mlčky ukázala hlavou ve směru, který patrně znamená šestku. Chirurg pohodil rukopis a běžel. Tak už je to tady.

Trochu se zamračil, když shledal, že na pelesti Případu X sedí nakloněn mladý vlasatý asistent (ti internisté se mi tu nějak roztahují!) a svírá v prstech zápěstí bezvědomého. Mladičká, pěkná ošetřovatelka (jež také nepatří do tohoto oddělení) – asi nováček; má oči jen pro tu střapatou asistentskou palici –

Chirurg chtěl říci něco málo přívětivého, ale asistent, který ho neviděl, zvedl hlavu. "Tep nehmatný. Dejte sem, sestřičko, plentu."

## POVÍDKA BÁSNÍKOVA
## XX.

"Připomeňme si nejdříve událost, která dala podnět, aby byla rozvíjena další řada příběhů; chtěj nechtěj musíme začít od tohoto konce, máme-li rekonstruovat svou povídku.

Za horkého, vichrného dne se zřítilo letadlo; pilot uhořel, pasažér smrtelně zraněn a v bezvědomí. Nelze se zbavit představy lidí, kteří se sbíhají k té hromadě trosek; jsou rozjařeni, že jsou svědky katastrofy, trnou hrůzou a radí jeden přes druhého, co by se mělo udělat; ale nikdo se nemá k tomu, aby nadzvedl bezvědomého, poután strachem a fyzickou nevolností. Teprve když přiběhnou četníci, dostane ten kus chaosu hlavu a patu; četníci štěkají na lidi a posílají toho tam, onoho onam; zvláštní, jak lidé naoko neochotně, ale vnitřně rádi, s úlevou a důležitě poslouchají rozkazů. Běží pro hasiče, pro doktora, telefonovat pro ambulanci, zatímco četníci zapisují svědky a dav přešlapuje v uctivém mlčení, neboť je přítomen úřednímu výkonu. Nikdy jsem při takovém neštěstí nebyl, ale jsem toho pln, sám jsem jeden z diváků, běžím uřícen po mezi, abych tam byl také, pečlivě se vyhýbaje osetým polím (neboť jsem venkovan), trnu a radím, pronáším názor, že pilot asi nezastavil motor a že se to mělo hasit pískem; tyto všechny podrobnosti si vymýšlím zcela marnotratně a nezištně, neboť se nehodí do této ani do žádné jiné povídky; ba ani se nelze honosit známým, že jsem viděl velké neštěstí. Vy nemáte za mák fantazie; proto jste řekl ‚chudák‘, a tím byla pro vás věc vyřízena (nehledíc k vašemu úkolu felčarskému). Jaká správná a jednoduchá reakce, zatímco já se vrhám do krutých a trýznivých detailů, které si maluju. Mám často pocit studu, když vidím vás druhé tak prostě a lidsky odpovídat na různé případnosti života, které pro mne jsou jenom podnětem, abych je začal rozpřádat svou vrtohlavou obrazností. Nevím přesně, je-li v tom neposedná hravost nebo naopak zvláštní a zarytá důkladnost; ale (abych se vrátil k našemu případu) ověsil jsem smrtelný pád člověka tolika obrazy hrůzyplnými a groteskními, že ze studu a pokání, odvolávaje kajícně trety všech vnějších podrobností, bych se ve své povídce snažil jej vylíčit jako pád archanděla s přeraženými křídly. Vy to máte prostší; vy řeknete ‚chudák‘, čímž je učiněno svaté znamení na místě neštěstí.

Snad se vám jeví tento výklad poněkud zmatený. Fantazie sama o sobě se zdá imorální a krutá jako dítě; libuje si v hrůzách a směšnosti. Jak často jsem vedl své fiktivní osoby cestami hoře a ponížení, abych je mohl tím hlouběji litovat! Takoví my jsme, my výrobci fantazií: abychom oslavili nebo zhodnotili život člověka, nadrobíme mu těžký osud, uvalíme na něho zápasy a útrapy v míře vrchovaté. Ale což v tom opravdu není zvláštní sláva života? Člověk, který chce ukázat, že nežil nadarmo a jalově, kývá hlavou a praví: Mnoho jsem prodělal. Jářku, doktore, rozdělme si své úkoly: vy budete z povolání a z lásky k člověku snímat jeho bolesti a napravovat jeho nedostatky; kdežto já z lásky k člověku a z povolání budu jej ovíjet příkořími a konflikty a budu se rýpat v jeho ranách, aniž bych měl pro ně peruánský balzám. Vy pohladíte jizvu, která se krásně a čistě zahojila, kdežto já budu s úžasem měřit hloubku rány. Nakonec se snad ukáže, že i já snímám utrpení tím, že vyslovuju, jak to bolí.

Snažím se omluvit literaturu za její zálibu v tragice a výsměchu. To obé jsou totiž okliky, které si fantazie vynašla, aby svými prostředky, svými neskutečnými cestami vytvořila iluzi skutečnosti. Skutečnost sama v sobě není tragická ani směšná; je příliš vážná a nekonečná na to i ono. Soucit a smích jsou jenom otřesy, kterými doprovázíme a komentujeme události mimo nás. Vyvolejte jakýmkoli způsobem tyto otřesy, a vyvoláte i dojem, že se mimo vás odehrálo něco skutečného, tím skutečnějšího, čím je ten citový úder silnější. Můj ty bože, jaké triky a kejkle si vymýšlíme, my odborníci fantazie, abychom jak náleží a nemilosrdně zatřásli zkornatělou duší čtenářovou! Milý doktore, ve vašem počestném a svědomitém životě není mnoho místa pro soucit a smích. Nebudete se rozechvěn pást na strašnosti člověka zalitého krví, nýbrž setřete krev a učiníte, čeho je třeba. Nebudete se kochat na směšnosti člověka politého omáčkou, nýbrž nakonec ho upozorníte, aby se očistil, čímž bude potlačen bouřlivý smích lidstva a zrušena událost, která jej vyvolala. Nuže, my vymýšlíme příběhy, kterých nemůžete zrušit, do kterých nemůžete prakticky zasáhnout; jsou nenapravitelné a nezměnitelné jako dějiny. Zahoďte tu knihu, nebo se oddejte nastraženým otřesům a hledejte za nimi skutečnost, jež jim odpovídá.

Zde máte technické závěry, jež plynou z podaného výkladu: Jdu-li cestou fantazie, budu volit událost otřásající a nevšední; jako řezník oceňuje dobytče, ocením ji, je-li senzací náležitě vykrmenou a vydatnou. Hle, tady máme pád člověka, vír hrozný a překotný, nad kterým se nelze nezastavit. Bůh pomoz, jaký je to beznadějný kus chaosu! Co udělat z těch přelámaných křídel a vzpěr, co tu dát dohromady, aby to ještě jednou letělo aspoň jako papírový drak, jehož provázek bych držel v ruce? Na toto lze se jen dívat, sykaje vyděšením, nebo jako řádný člověk říci vážně a uctivě ,chudák'."

## XXI.

"Říká se o fantazii, že těká; snad to činí v některých případech (které však nepatří do krásné prózy), ale daleko častěji běží bystře a pozorně jako pes sledující čenichem čerstvou stopu; přímo supí horlivostí, trhá sebou na šňůře a vleče nás sem tam. Vy jste lovec a víte, že stopující křepelák ve svém klikatém běhu netěká, nýbrž naopak drží se stopy s naruživým a vytrvalým zájmem. Musím vám říci, že náležitě vyvinutá. fantazie není žádné neurčité snění, nýbrž činnost neobyčejně úporná a vášnivě zamířená; zastavuje se sice nebo kličkuje, ale jen proto, aby zjistila, že to není to, za čím jde. Kampak, ty dychtivá fenko, co to honíš, kdepak máš položen cíl? Cíl, jaký cíl; běžím za něčím živým a nevím ještě, kde to dopadnu.

Věřte mi, že psát romány je činnost spíš podobná lovu než, řekněme, budování chrámu podle plánů předem hotových. Až do poslední chvíle jsme překvapováni tím, nač narazíme: dostaneme se na místa nepředpokládaná, ale jen proto, že se ženeme neodchylně a bláznivě za tou svou stopou něčeho živého. Honíme bílého jelena a přitom téměř mimochodem objevíme nové končiny. Psát je dobrodružství, a nic víc vám už neřeknu k chvále tohoto povolání. Nemůžeme zabloudit, pokud jsme věrni své stopě; i kdyby naše pouť vedla na Skleněnou horu nebo za ohnivou stopou padající hvězdy, je náš směr dobrý, chválabohu, a neztratili jsme správnou cestu. (Nemluvím zde o úzkostech, když jsme ztratili dobrou stopu; o sviňských a bezradných pokusech dostat se dál; o návratech beze slávy, s unavenou a zahanbenou čubou vlekoucí se za námi, místo aby předbíhala naše kroky.)

Čímž tedy je v podstatě řečeno: k čertu s fantazií; není nám k ničemu a nepřivede nás ani k špičce našeho nosu, netřesou-li se jí boky horečkou zájmu. Pravím, ať lehne, nemá-li před sebou napsánu neviditelnou cestu a jazyk vyplazený netrpělivostí sledovat ji až do konce. To, čemu se říká talent, je z největšího dílu zájem nebo posedlost, zájem jít za něčím živoucím, za zvěří ztracenou v širokosti světa. Milý člověče, svět je veliký, větší než naše zkušenost; je udělán z hrsti faktů a celého vesmíru možností. Všecko, co nevíme, je tu jako možnost, a každý fakt je jedna kulička v růženci předchozích i budoucích eventualit. Nic platno, jdeme-li za člověkem, musíme se pustit do toho světa dohadů, musíme čenichat jeho možné kroky minulé i příští: musíme ho stíhat svou fantazií, má-li se nám zjevit ve své neviditelné živosti. Je naprosto lhostejno, je-li celý vymyšlen nebo celý skutečný; může to být Ariel nebo pouliční prodavač tkalounů; oba jsou upředeni z čisté a nekonečné látky možnosti, ve které je uloženo vše, i to, co skutečně jest. To, čemu se říká skutečné příběhy nebo skuteční lidé, není pro nás víc než jedna možnost mezi tisícerými, a snad ani ne ta nejsouvislejší a nejzávažnější. Veškerá zkušenost je jenom nahodile otevřená stránka nebo nazdařbůh přečtené slovo v Sibylině knize moudrosti; a my chceme vědět víc.

Pokouším se vám znázornit, že jsme-li vedeni fantazií, překračujeme práh jakési nekonečnosti; práh světa neomezeného naší zkušeností, širšího než naše poznatky a obsahujícího neskonale víc, než je nám vědomo. Říkám vám, že bychom se neodvážili vkročit do těchto bezhraničných končin, kdybychom tam nevpadli slepě a střemhlav, běžíce za něčím, co se nám skrývá. Kdyby nám duch pokušitel šeptal: Nyní si něco vymysli, ať je to cokoliv, – byli bychom zmateni a snad bychom ucouvli hrůzou nad marností a nesmyslností toho úkolu; měli bychom strach pustit se bez cíle a směru na toto Mare tenebrarum. Položme si otázku:

Jaké právo má muž, který nechce být považován za blázna nebo podvodníka, aby si vymýšlel něco, co není? Je jen jedna odpověď, naštěstí určitá a nepochybná: Nechte ho, on musí; nejde ze svévole, je vlečen, řítí se za něčím, a jeho křivolaká dráha je cestou nutnosti. Ne jeho, ale boha se ptejte, co je to nutnost.

Přemýšlím, proč jsem si vzal do hlavy člověka, který spadl z nebe; proč ne Ariela nebo Hekubu? Co je mi Hekuba! Ale může mne potkat osud, že by mi po nějaký čas byla vším, na čem záleží, že bych se s ní potýkal, až by mi požehnala jako anděl Jákobovi; i byla by mi dána milost, abych v sobě našel život a bolest staré, pláčem naduřelé báby. Bůh buď s Hekubou; je to ode mne lehkomyslnost, že jí nevěnuju víc zájmu, ale jak řečeno, mám nyní na starosti člověka, který nedoletěl. Myslím, že tím jste vinen vy; řekl jste totiž se svou známou věcností: Proč, u čerta, letěl v takovém větru? Ano, proč, u čerta; proč, u všech čertů; proč, u všech zatracených, letěl v takové vichřici? Jaká tady musela být přesilná a neodmluvná příčina, aby podnikl let tak nesmyslný! Není-li tu o čem hloubat a čemu se divit? Ano, je náhoda, zabije-li se člověk; ale není náhoda, letí-li všemu navzdory. Je zřejmo, že z jakýchsi důvodů musel letět; a tu se nad troskami, které se nepodobaly ničemu kloudnému, leda polámané hračce, sklenula veliká událost, složená z náhody a nutnosti. Nutnost a náhoda, dvě nohy třínožky, na níž usedá Pýthie; třetí je tajemství.

Vy jste mi ho ukázal, muže bez tváře a jména, muže bez vědomí; toto je poslední pasport života, a kdo se jím nemůže vykázat, je Neznámý v přísném a zachmuřeném smyslu slova. Neměl jste nad ním mučivý pocit, že jsme mu dlužni poznat ho? Viděl jsem vám to na očích: vědět aspoň, kdo je a kam měl tak nakvap zamířeno; snad bychom mohli vyřídit, že dorazil až sem, a splnit tuto lidskou povinnost. Nejsem tak lidský jako vy; nemyslil jsem na jeho pozemské záležitosti, ale posedla mne nad ním vášeň detekce. A teď už mne nic a nikdo nezadrží; mějte se tu dobře, já musím za ním. Když je tak neznámý, já si ho vymyslím, budu ho hledat v jeho možnostech. Ptáte se, co mi je po něm? Kdybych to věděl! Vím jenom, že mne to posedlo."

## XXII.

"Užil jsem slova ‚vášeň detekce' a shledávám, že je správné; ale ta vášeň byla vzbuzena čistě nahodile a okolností tak malichernou, že bych se měl za ni hanbit. Když vám dovezli toho raněného, řekl jste, že jeho papíry patrně shořely a že se v jeho kapsách nenašlo nic než hrst drobných: nějaké francouzské, anglické, americké peníze a holandské dubbeltje. Ta sbírka drobných mne překvapila; mohlo by se sice soudit, že ten člověk měl co dělat v příslušných zemích a nechal si v kapse grešle, které nemohl utratit; ale kdykoliv jsem cestoval, hleděl jsem se na hranicích stůj co stůj zbavit všech drobných mincí té země, ze které jsem odjížděl, předně proto, že bych je už nemohl vyměnit, a za druhé proto, aby se mi nepletly. Napadlo mne, to asi ten člověk je na ty měny zvyklý a žil v končinách, kde jsou v oběhu. A současně jsem si řekl: Antily, Portorico, Martinique, Barbados a Curacao. Americké, britské, holandské a francouzské kolonie s měnami mateřských zemí.

Mám-li psychologicky vyložit ten myšlenkový skok od hrsti peněz do Zadní Indie, shledávám ve své paměti toto:

1. Vanul prudký vítr, který mně připomínal orkán. Asociace na ostrovy Závětrné a na slavnou karibskou oblast cyklónů.

2. Byl jsem rozladěn, nespokojen, rozezlen na sebe a svou práci. Odtud toulavé představy a touha po úniku. Stesk po dalekých a exotických zemích: u mne obyčejně po Kubě, ostrovu mé nostalgie.

3. Nutkavá a poněkud závistivá představa, že ten člověk letěl odněkud z daleka; bezděčné spojení přítomné události s předchozím rozpoložením.

4. Konečně ta událost sama, to letecké neštěstí, senzace vzrušující téměř příjemně, a zároveň sklon vyšperkovat si ji romantickými dohady. Je typické, jak silně působí lidské katastrofy na naši bájivou fantazii.

Tím vším byl ve mně připraven onen (jak nyní vidím, velmi povrchní) dohad, že ta hrst peněz ukazuje na západoindické ostrovy; v tu chvíli jsem byl přímo nadšen svým detektivním bystrozrakem a považoval jsem za věc nad slunce jasnou, že ten člověk přichází rovnou z Antil; uspokojovalo a vzrušovalo mne to hluboce. Když jste mne vedl k lůžku Případu X, šel jsem se už najisto podívat na muže, který přichází z mých citových Antil. Neřekl jsem vám o svém objevu, protože jsem se bál, abyste pohrdavě nezafrkal, jak bývá vaším nepříjemným zvykem; nechtěl jsem, abyste bral v pochybnost představu, do které jsem se právě zamilovával. Ten člověk byl děsivý ve svém bezvědomí; byl nelidský a přísně tajemný v těch obvazech, které na jeho tvář přiložily masku mlčení a neznámosti; ale hlavně to byl pro mne muž z Antil, člověk, který tam byl. To rozhodlo. Od toho okamžiku byl mým Případem X, jejž mi bylo řešiti; pustil jsem se za ním, a byla to, člověče, dlouhá a klikatá cesta.

Ano, teď už jsem z toho venku. Nyní je mi jasno, že to, co jsem považoval za skvělý a pravděpodobný úsudek, byl, přesně vzato, pouhý vrtoch, ve kterém se mi zalíbilo; proto už nemohu napsat svou povídku. Mohlo by se ukázat, nestalo-li se to už, že ten člověk je obchodní cestující z Halle nad Sálou nebo průměrný Američan, snažící se namluvit sám sobě, že podnikavý obchodník jako on nemá pokdy čekat čtyřiadvacet hodin na lepší povětří. Jaká ubohost! mohu si vymýšlet, co chci, ale jen za tu cenu, že tomu sám věřím. Jakmile je otřesena má důvěra, že to tak opravdu mohlo být, ukáže se mi má fantazie jako žalostné a dětinské břídilství. Tak, teď je odtroubeno, ty hloupá a dychtivá fenko; marně jsi rejdila nosem nad spadaným listím, předstírajíc, že máš stopu, které není nebo kterou jsi dávno ztratila na křižovatkách možností. Ještě se tváříš, že stopuješ, neboť psi si potrpí na prestiž; ještě frkáš u každé myší díry a snažíš se mi namluvit, že tady je to, za čím jdeme. Nu, nech toho, tady to není; díváš se po mně psíma očima, jako bys říkala: Což já za to mohu? ty jsi pán, poruč, kam mám jít, ukaž, co chceš! A teď abych já hledal cestu, abych hledal důvody, proč se pustit tam, a ne onam! Můj ty bože, důvody! motivace! pravděpodobnosti! jaká bžunda! ani ten pes už nevěří mně ani sobě a nechápe, co od něho chci; tady? toto? či něco jiného? S prázdnou se vrací pán i pes. Zvláštní, jaký pocit samoty je v nezdaru.

Řeknu vám toto: je třeba, aby se vám povídka rozpadla, máte-li poznat, z čeho je složena. Dokud je celá a živá, byl byste v opojení práce ochoten přísahat: To vše je samá příroda a žádné umělůstky; pane, píšu to pouhým instinktem, sám nevím proč; je to samá imaginace a intuice. Teprve když se vám rozpadne na kusy, shledáte, čím jste jí napomáhal, jak chytrácky a potají jste postrkoval svou fantazii. Bože, jaký konglomerát! vždyť z toho všude čouhají rozumové důvody a záměrné konstrukce; jaká je to mašinka! Všechno, skoro všechno je nějak vychtěno a vyspekulováno, samá montáž a výpočet. Domníval jsem se, že to všechno mně přicházelo samo od sebe jako v živém snu, a zatím je to výplod urputného inženýrského myšlení, které zkouší a zavrhuje, váže a předvídá. Teď, když je to mrtvé a rozebrané, je vidět ty dráty, ten důmysl, tu celou rutinu a bdělost rozumové práce. A řeknu vám, že polámaný stroj je stejně hrozný, že je to stejná propast nicoty jako život v rozkladu.

Ale ani ta lítost nad zmařenou prací nevyjadřuje smutek nad troskami povídky. Copak nevíte, že v těch sutkách je pochován lidský život? To jsou věci, řeknete, vždyť ten život byl jenom fikce; byla to povídačka vymyšlená pro ukrácení chvíle. Ach, člověče, to je to divné: ono není tak docela jisto, že ten život byl jenom vymyšlen; a když se tak na to dívám, řekl bych, že to byl můj vlastní život. To jsem já. Já jsem to moře i ten muž, ten polibek vydechnutý z temného stínu úst patří mně; ten muž seděl pod majákem na Hoe, neboť já jsem seděl pod majákem na Hoe, a žil-li na Barbadosu či Barbudě, tož díky bohu, chvála bohu, konečně jsem se tam dostal. To všecko jsem já; nic si nevymýšlím, jen vyslovuju, co jsem a co je ve mně. A kdybych psal o Hekubě nebo o nevěstce babylónské, byl bych to já; já bych byl stařena, jež kvílí a drásá svrasklé pytlíky svých prsů, byl bych ženština drcená smilstvem v chlupatých rukou Asyřana, muže s namaštěnými vousy. Ano, muž, i žena, i dítě. Abyste věděl, to jsem já: já jsem ten člověk, který nedoletěl."

## XXIII.

"Tak dost, konec předmluvy, a nyní se můžeme potulovat cestami, po kterých vznikala naše povídka. Víme, že dán byl jen člověk, který nedoletěl, a jeho pád, jak řečeno, byla patetická událost, udělaná z náhody a nutnosti. Dána byla náhoda a nutnost; poněvadž nevíme nic bližšího, učiňme z nich východisko nebo stopu, za kterou se pustíme; zkusíme budovat ten určitý osud ze dvou základních činitelů, z náhody a nutnosti, aby konečný pád člověka z nich vyplynul příčinně a zákonitě.

Uznejte, že ten začátek slibuje nemálo. Náhoda, která znamená volnost a dobrodružství; hravá a nevypočitatelná náhoda, roh možností a kouzelný koberec: jaká je to měňavá a snová látka bez tíhy a opakování, roztažitelná a nabraná v tajemných řasách, látka, se kterou lze dělat cokoliv; křídla, která nás donesou kamkoliv; co je básničtějšího než náhoda? A naproti tomu nutnost, zastřená Sudička, síla trvající a neměnná; nutnost, jež je řád a pořádek, krásná jako sloupořadí a nepochybná jako zákon.

A už to tak je; ano, to je to, co chci a po čem se mi stýská. Po náhodě, která by mne někam donesla, váhavého pecivála, jenž je zakotven zadnicí u svého stolu; po náhodě dobrodružné a překotné, po uříceném třeštidle, které by se mnou zatočilo. Stárneme, kamaráde, a osvojujeme si život jako nudný zvyk. Ano, ale což to druhé, to nepodmíněné a jistotné? Kéž by můj život byl prostoupen nutností, kéž bych jednou bezpečně a nerozpačitě pocítil: že ve všem, co konám, se naplňuje pořádek; chválabohu, neučinil jsem než to, co mi bylo uloženo. Tak vida, ten člověk řízený nutností a náhodou, to budu já sám; to já půjdu cestou bludnou a neodvratnou a zaplatím za to všemi útrapami, které si dovedu vymyslit; neboť takové putování není výlet pro zábavu.

Tedy ve jménu božím, dejme se do toho; a nebudeme-li vědět jak dál, nechať nám pomůže nutnost nebo náhoda. Čím začít? Co napsat jako první slovo povídky o muži z Antil? Začněme od začátku: Byl chlapec, který neměl matky. Špatně, a takto nelze dál. Případ X přece nemá tváře ani jména, nemá totožnosti, je Neznámý. Dáme-li mu domov, budeme ho znát, abych tak řekl, odmalička; přestane být neznámým a ztratí to, co je nyní jeho nejsilnějším a určujícím znakem. Má-li zůstat podoben sám sobě, nutno uchovat jeho inkognito; budiž mužem bez původu a průkazů. Držme se věci, vyjděme z toho, co je dáno; spadl nám z nebe, což jistě je způsob pro něho příznačný. Je třeba, aby i v naší povídce jaksi spadl z nebe, aby se zčistajasna vynořil, čertví odkud, stvořen náhodou, úplně hotový a dokonale neznámý.

Máme tedy osobu a její příchod; místo, kde se nám vynoří, je rozhodnuto předem; je to Kuba. Mohl by to být kterýkoli jiný z ostrovů Antilských, ba mohlo by to být kterékoliv místo ve světě, jen když by bylo dostatečně vzdálené. Ta vzdálenost je nám dána tím, že letěl a že nevíme odkud; je to místo daleké a víceméně exotické právě proto, že nám je neznámé. Ty měny, které jste našli v jeho kapse, ukazují na ostrovy Antilské; pravda, je ještě jedna končina, kde spolu sousedí americké, britské, francouzské a holandské osady; jsou to břehy moře ohraničeného Filipínami, Annámem, Singapurem a Sumatrou, a nenašel jsem nic, co by vylučovalo tuto možnost. Musel jsem volit, i rozhodl jsem se pro Antily z pohnutek patrně osobních; řekl jsem vám, že mají pro mne zvláštní kouzlo. Prostě tam někde je místo mého útěku; nikdy tam asi nepřijdu, ale je to končina, jež existuje pro mne silněji než země, ve kterých jsem byl.

To tedy jsou zhruba východiska naší povídky, a zbývá určit terminus ad quem. Je jím, rozumí se, pád člověka, který nedoletěl; ale tady vyvstává důležitá otázka: letěl někam za novým cílem, nebo se vracel? Víme jen to, že nesmírně spěchal, neboť letěl za prudké vichřice. Můžeme obecně soudit, že člověk, který se ubírá do nových poměrů a za věcmi, které mu nejsou známy, není prost jisté váhavosti, ba dokonce strachu, jenž ho brzdí; naproti tomu člověk, který se navrací, je spíš netrpělivý; jelikož anticipuje cíl, podceňuje dráhu, která k němu vede. Řekl bych, ten člověk tak spěchal, jelikož se navracel, a přijímám to jako pravděpodobnou skutečnost. Nehledíc k tomu, že člověk, který někam letí, by se mohl brát kterýmkoliv směrem větrné růžice, neboť neomezený je počet možných a myslitelných cílů, mezi kterými lze volit; kdežto člověk, který se navrací, může letět jen na jedno místo, jediné myslitelné mezi všemi, za cílem od počátku určeným, nutným a nezaměnitelným. Cesta zpět je ta, která je přesně vymezena. Teprve tím je stanoven konec naší povídky a můžeme začít od začátku.

Začátek je zmatený a nejasný jako náhoda. Je to kdesi na Kubě mezi živými ploty bougainvilleí; někdo je honěn, štěkají výstřely z revolveru a na cestě, jež se podobá Mléčné dráze, zůstane ležet neznámý člověk se zakrvácenou šíjí. Je to rána širokým nožem, jakého se užívá k řezání cukrové třtiny."

Chirurg, když dočetl až sem, nepříznivě zafrkal a uhodil rukopisem o stůl. Nesmysl. Není žádné jizvy na šíji; je jedna nad pravou prsní bradavkou, ale ta rána nemohla být zasazena širokým nožem, nýbrž stiletem. Mělká rána, která se zastavila na žeberní kosti.

## XXIV.

"Je to kdesi na Kubě mezi živými ploty bougainvilleí; někdo je honěn, štěkají výstřely z revolveru a na cestě, jež se podobá Mléčné dráze, zůstane ležet neznámý člověk se zakrvácenou šíjí. Je to rána širokým nožem, jakého se užívá k řezání cukrové třtiny. Asi deset metrů dál leží někdo jiný, široce rozhozený jako tahací panák; tenhle je mrtev.

Tři tiše nadávající chlapi se naklánějí nad tím pobodaným; ale ten už se zvedá sám a mumlá: ,Co – co vlastně chcete? Kavalíre, nestrkejte do mne!' Sahá si na šíji a křiví hubu, kouká užasle na zkrvácenou dlaň a na tři muže. Matko boží,

74

ten je ožralý!

,Co se sem ten mezek připletl,' zlobí se jeden z těch tří a škrabe se na hlavě. ,Que mierda! Hoši, doneste ho do domu!' Popadnou ho za ruce a za nohy, šoupajíce střevíci; nic nedbají toho, že jeho zadek se vláčí po cestě, vyrývaje v prachu stopu jako pytel kukuřice. Funí a vlekou toho obejdu po Mléčné dráze, jen si naraz kostrč, potvoro!

Složí ho za dveřmi, jakási stará bába mu svítí do očí a dovolává se všech svatých, a pán domu, nějaký velký pán, máme-li soudit podle jeho modré a vzteklé tlamy a zlého obočí, se naklání nad tím vším a povídá, co mi sem nesete takovou svini?

Ten, který se drbal na hlavě, mrká ze vší síly na pána s ježatým obočím. ,Vaše milosti, aby neutekl. Když odtud odešel ten kavalír, slyšeli jsme venku střílet; běželi jsme se podívat, a on tam ležel tenhle dago a měl v ruce tady ten revolver. Pár kroků dál leží ten nešťastný pán. Je mrtev, ať se Bůh nad ním smiluje.'

Druzí dva poslouchali s otevřenou hubou, jako by chtěli něco namítat; a pán zvedl zpytavě oči. ,Víte jistě, že je mrtev?'

Ten dlouhý peón se pokřižoval. ,Jako tele, vaše milosti. Musel dostat nejmíň tři kule do týla hlavy. Měl v ruce nůž… Nejspíš se bránil nožem, když ho ten bandido přepadl. Tady ten vrah chtěl utéci, ale my jsme ho zadrželi. Vy jste svědci, hoši, že? Nu tak zabučte, býci!'

Teprve teď ti druzí dva pochopili a počali se široce šklebit, a jako je Bůh nad námi, vaše milosti, tak to bylo a nejinak, svatá pravda; chtěl pláchnout, když zastřelil toho kavalíra. A měl v ruce pistoli.

,Měli bychom zavolat policii, aby si ho odvedla,' mínil dlouhán a číhal očima po souhlase.

Pán si hladil modrou bradu a zachmuřeně přemítal. ,Ne, Pedro (nebo Salvadore – jména nebyla rozhodnuta), to ne. Kdyby ho policie hledala –' Pokrčil rameny. ,Ale zbytečně to dělat nebudu. To by nebylo slušné. Zavřete ho někam do komory a dejte mu pít.'

Čahoun zvedl ruce. ,Vaše milosti, ten ani o sobě neví.'

,Dejte mu pít,' opakoval pán netrpělivě. ,A zatím o něm zbytečně netlachejte, rozumíme?'

Rozumíme, vaše milosti, a přejeme vám dobré noci. Nalejte mu rumu do zubů, ať neví, čí je; co má co dělat takový pobuda v blízkosti pánova domu, aby strkal nos do soukromých záležitostí? Nevypadá sice jako míšenec, ale je to čert jak ďábel; kdovíjaký Hollandese či který zpropadený Yankee, podle toho, jak se zřídil. Glog, glog, ještě je v něm trochu místa, dejte mu přihnout, ať z něho vyrazíme poslední zbytek paměti.

Bylo z toho delirium, klepalo to tím člověkem hůř než zimnice; a bába, jež prve svítila, nosí vodu v nepolévaném džbánu a máčí náčinky na čelo a tváře bezvědomého. (Motiv bezvědomí na začátku jako na konci; kruh se uzavírá.) Je to Poloindiánka někde z Mexika; má suchou a dlouhou tvář kobyly a smutné oči, jež starostlivě a lidsky mrkají. ,Chudák,' povídá a zabaluje tu těžkou hlavu do chladivých hadrů. Sedí v dřepu a mrká, klap, klap, klap, jako když kane voda na cihelnou podlahu.

Třicet šest hodin trvá to bezvědomí nebo spánek; chlap leží s palicí zahalenou mokrými hadry a neví o sobě. Občas přijde ten čahoun a kopne ho, hej, vstávej, ty zlořečená psí zdechlino! ,Měli bychom ho, pane, někam v noci donést a položit, ať si ho, Bůh mi odpusť, čerti odtáhnou.'

Pán vrtí hlavou. To tak. Sebere ho policie a počká, až bude mluvit. Nene. Až se probudí, promluvím si s ním sám, a pak uvidím. Pak uvidím.

Konečně se pohnula ruka a chce si přemnout čelo; ještě má na něm ty hadry, a když se sesmeknou, zbývá tam něco cizího a divného, co se nedá setřít. Člověk usedá a tvrdě si mne čelo. Zavolejte pána, pán si s ním chce promluvit.

Pán s tlustým obočím (nějaký mocný pán, podle všeho) měří zkoumavě toho otrhance; ne, Španěl to asi není, neboť ten by dbal víc na své střevíce; i kdyby měl, řekněme, jen jeden rukáv u košile, jeho střevíce by svítily jako pomeranč.

,Como va?' povídá pán.

‚Muchas gracias, seňor.'

‚Yankee?'

‚Yes, sir. No, sir.'

‚Jak se jmenujete?'

Člověk si mne čelo. ‚Nevím, pane.'

Kubánec podrážděně zasupěl. ‚A jak jste se sem dostal?'

‚Nevím, pane. Byl jsem opilý, ne?'

‚Našli u vás revolver,' uhodil na něho pán.

Člověk kroutí hlavou. ‚Nevím, nevím nic. Nemohu si na nic vzpomenout – ' Tvář se mu zkřivila nepokojem a úsilím; vstal a udělal několik kroků. ‚Ne, nejsem opilý; mám jenom... jako obruč kolem hlavy.' Hledal něco po kapsách; Kubánec mu nabídl cigaretu. Kývl jen hlavou, gracias; jako by se to rozumělo samo sebou, – ne, to není nějaká krysa z přístavu; říkejte si, co chcete, je na něm vidět pána. Například jeho ruce; jsou špinavé až hanba, ale jak drží tu cigaretu – zkrátka caballero. Kubánec nasupil obočí; s tulákem by to bylo snazší, a kdyby došlo k svědectví, který soudce by věřil žebrákovi?

Člověk dychtivě kouřil a přemýšlel. ‚Nemohu si na nic vzpomenout,' řekl a počal se šklebit. ‚To vám je zvláštní pocit, mít hlavu jasnou a přitom docela prázdnou. Jako vybílený pokoj, do kterého se má někdo nastěhovat.'

‚Snad aspoň víte, čím jste byl,' pomáhal mu Kubánec.

Člověk se podíval na své ruce a šaty. ‚Nevím, pane; ale podle toho, jak vypadám –' Nakreslil kouřem a cigaretou do vzduchu jakousi nulu. ‚Nevím nic,' řekl lehce. ‚Nic, nic mě nechce napadnout. Třeba si později vzpomenu –'

Kubánec si ho pozorně, podezíravě prohlížel. Byla to neurčitá a poněkud odulá tvář s výrazem pobavení a čehosi jako úlevy."

## XXV.

"Ano, správně: opět jeden případ ztráty paměti, zase jedna z těch literárních amnézií, kterým vděčíme za tolik romantických a dojemných novel. Krčím s vámi rameny nad touto nikoliv už neobvyklou zápletkou, ale nemohu si pomoci; má-li náš hrdina zůstat Neznámý, je nutno zrušit jeho identitu a odebrat mu jeho papíry, vypárat monogramy a zejména, pane, zejména odklidit jeho paměť, neboť paměť je látka, z níž je v nás utkána naše vlastní totožnost. Vyhlaďte svou paměť, a budete člověk, který spadl z nebe, jenž nepřichází odnikud a neví, kam má namířeno; budete Případ X. Člověk, který ztratil paměť, se podobá člověku, který ztratil vědomí; i kdyby jeho mozek nadále byl jasný a normální, je to, jako by opustil půdu skutečnosti a žil mimo ni; vězte, že bez paměti by pro nás nebylo ani skutečnosti.

Zajisté jste jako doktor ocenil, že náš případ ztráty paměti následuje po akutní otravě alkoholické a po fyzickém šoku, způsobeném onou noční příhodou. Svalil se hlavou na zem, a tu to máme; z hlediska lékařského není námitek, aby si neodnesl duševní úraz. Máme tu faktor náhody, s nímž počítáme; ale věc je příliš důležitá, aby byla ponechána náhodě, a má-li nás uspokojit, musí se přihodit nutně a příčinně. Případ X utrpěl duševní otřes a ztratil, musel ztratit paměť z příčin, které byly v něm; byla to pro něho jediná možná cesta, jediné východisko, aby se dostal ze sebe sama; bylo to cosi jako únik do jiného života. Jak to vlastně bylo, to se dočtete až dále; na tomto místě jsem vás chtěl jenom upozornit, že tu jsou příčiny hlubší a zákonitější než náhoda.

Ale je možno, že i ten únik z vlastní identity leží ve směru přirozené lidské touhy. Ztratit paměť, to vlastně musí být jako začínat se vším znova; přestat být tím, čím jsme byli, to je, kamaráde, něco jako vysvobození. Snad se vám někdy stalo, že jste se octl v cizím světě, kde jste se nemohl dobře dorozumět jazykem ani penězi. Neztratil jste sice svou identitu, ale nebyla vám nic platna; vaše vzdělání, sociální postavení, jméno, a cokoliv ještě skládá naše občanské já, vám nesloužilo k ničemu; byl jste jen neznámý člověk na ulici cizího města. Snad si vzpomenete, že v takových chvílích jste vnímal všechno se zvláštní a téměř snovou intenzitou; jsa zbaven všeho přídatného, byl jste jen člověk, jen subjekt a nitro, jen oči a srdce, jen podiv, bezradnost a odevzdání. Nic není lyričtějšího než ztratit sebe sama. Případ X, který ztratil sebe sama tak důkladně, že ani neví, kdo je, bude takovým žasnoucím člověkem; život ho bude halucinovaně míjet, všichni lidé neznámí, všechny věci nové; ale přitom vše bude viděno jakoby závojem stálého rozpomínání, že to už odněkud zná a že to prošlo kdysi jeho životem, ale kde to bylo, můj bože, kdy to bylo? Bude jako ve snách, ať bude konat cokoliv, a marně bude lovit kousky skutečnosti ve věčném plynutí jevů; zvláštní, jak svět je odhmotněn; je-li setřena paměť.

Jedna věc, myslím, potřebuje vysvětlení, a to je zvláštní zájem Kubáncův na Případu X. Nemyslím, že ho podržel ve svém domě jako zajímavý psychologický úkaz; spíš si to vysvětluju tak, že mu nedůvěřoval jakožto náhodnému svědku oné noční vraždy. Patrně ho zprvu podezíral, že ta ztráta paměti je elegantní forma vydírání: bude-li o mne postaráno, zůstane má paměť zatemněna, co tam, to tam a nevím nic; ale pozor, pane, aby se má paměť nezlepšila. Koneckonců se mohl domnívat i to, že Případ X někde provedl něco proti zákonu a má zájem na tom, aby zastřel svou identitu nebo měl pro každý případ po ruce důkaz, že je cosi jako blázen. Proto s ním jednal opatrně a zkoumavě; ale i když se stokrát přesvědčil, že ten člověk ztratil svou paměť nepochybně a dokonale, zůstala v něm obava, že jednou procitne z toho sna a promluví; pročež lépe je si ho zavázat, zvlášť když se den po dni ukazuje, že je to muž zdvořilý a ochotný. Nechte to být, taková znalost jazyků se může hodit, máme-li své obchodní zájmy rozloženy, chválabohu, od Carácasu až po Tampico; to aby se jednalo s Angličany, Francouzi, Nizozemčany a těmi klacky ze Států, kteří, bůh je zatrať, se za celý život nenaučí španělsky; a ti lidé z Hamburku div nečekají, že se s nimi bude dopisovat jakýmsi jejich jazykem. Kubánec se o tom mnoho napřemýšlel žvýkaje černé cigáro, tlusté jako banán; měl svá vlastní cigára a sám dohlížel, když je mulatky stáčely dlaní na svých kulatých mladých stehnech; vybíral si svá cigára podle děvčat, přesněji řečeno, podle délky jejich stehen; čím jsou nohy delší, tím jsou děvčata lépe rostlá a doutníky lépe stočené. Když pak shledal, že člověk, kterého vzal do domu, umí nejenom v těch jazycích mluvit a psát, nýbrž dokonce nadávat (dost často přicházeli do domu všelijací pochybní agenti a Kubánec už byl syt toho, říkat jim, co jsou, když mu nerozuměli), nadchl se tím a nabídl mu místo; z jeho strany byl ten vztah cosi jako smlouva dvou taškářů, totiž poměr srdečný a téměř lidský. Jinak, aby nebylo nedorozumění, byl to starousedlý a urozený Kubánec z Camaguey, jakým se říká Camagueyno, kdysi pěstitel býků na savanách; ale když se ukázalo, že v této hamižné době už nestačí být pánem stád a kralovat domu a čeledi, pokrčil rameny a dal se na obchod poněkud ve slohu starých a slavných bukanýrů, kteří rejdili mezi ostrovy. Zkrátka este hombre, jak nazýval našeho hrdinu, byl dobrý k tomu, aby vyjednával s nepřáteli v jejich jazyce a aby byly zachovány formy, i když šlo jen o to, obrat a potopit jejich koráby. Člověk si musí vybírat své lidi, tak jako vybírá plemenné býčky, pozorně a s trochou prorockého ducha; tenhle býk sice kulhá, ale vsaďme se, pane, že bude mít dobré plemeno. Este hombre je sice divný a roztržitý, ale zdá se, že ledacos dovede. A vzdychaje šel se starý pirát poradit se svou ženou, jež seděla s oteklýma nohama někde vzadu v domě a vykládala si karty, zatímco pot jí stékal vráskami naduřelého obličeje jako věčné slzy. Nikdo jí nikdy neviděl; jen občas bylo slyšet její hluboký bas, když nadávala své černošce.

Budiž řečeno, že Kubánec neobchodoval jenom s cukrem, pimentem, melasou a jiným požehnáním ostrovů, nýbrž hlavně a především se zájmy všeho druhu. Chodili za ním lidé, někdy, pravda, i dost podezřelí, čertví co je to na světě za divné národy; tenhle, prý založit vývozní společnost pro zázvor, angosturu, muškátové ořechy a malagettový pepř někde na Tobagu; tenhle, prý je na Haiti ložisko asfaltu; tenhle, prý vyvážet dřevo kubavi, tvrdé jako pancíř, pipiri, jež nikdy nehnije, Santa Maria nebo corkwood, lehčí než korek alžírských dubů. Nebo osázet vanilkové, kakaové, cukrové plantáže tam a tam, kde jsou ještě laciné pracovní síly. Nebo vyrábět ve velkém škrob z manihotu, zavařeniny z mombínu, výtažek z kvasiové kůry. Někteří byli na ostrovech už celé tři měsíce a následkem toho věděli kdeco, s čím by se dalo obchodovat nebo co by se mělo založit. Ti zkušenější jednali o dovozu pracovních sil, o pozemkové spekulaci, o akciových společnostech důvěrně podporovaných vládami. Starý Camagueyno poslouchal s očima přivřenýma, žvýkaje černé cigáro; měl tropická játra, což ho činilo nedůvěřivým a popudlivým. Pomalu na všech ostrovech, co jich tu nebeský Bůh rozsel, měl své zájmy, své třtinové a kakaové plantáže, své sušírny, mlýny, pálenice, své čtverečné míle pralesů, které získali jeho společníci, načež utekli nebo zašli pitím či horečkou. Sám skoro nikdy nevyšel z domu, sužován játry a kloubovým revmatismem; ale mnoho malých pirátů, mnoho zlodějů, mnoho Morénů a nestydatých míšenců se potilo a lomozilo, chlastalo a smilnilo na jeho statcích po všech čertech a ďáblech tohoto horoucího světa. Sem, do toho chladného a bílého domu, kde v patiu zurčí zelená voda v toledských fajánsích, nezaléhá mnoho z toho pachtění tam venku; pravda, někdy přijde někdo s horečnýma očima, vychrtlý jako lusk kasie, a křičí, že byl ožebračen; ale na to tu jsou ti tři mozos, ti bývalí kraváci ze savany, aby mu ukázali cestu ven. Inu, byly to jiné doby, když se na koni jelo travou vysokou jako muž; stála tam na kopečku stará široká ceiba, a z jejího stínu viděls míle a míle daleko; kde se to vlnilo, tam byla stáda černého skotu. A tady ti lidé křičí pro pár upocených dolarů, jako by šlo o kdovíjakou velikou věc. Právě takoví ničemové jako ti, co udělali ze savany továrnu na cukr. A místo černých býků sem zavedli zebu, zvířata hrbatá a loudavá; zebu je lacinější. Starý pán zvedl huňaté obočí, jako by se divil. A takoví lidé si myslí, že se s nimi mají dělat kdovíjaké okolky. Samý cizinec je to, tož jaképak –"

## XXVI.

"Staré dámě to vycházelo v kartách podivně: spousta peněz

81

a nějaká pohroma; este hombre je z bohaté a urozené rodiny, ale pak je tu ženská osoba, mnoho protivenství a jakýsi dopis. Co se týče té ženské osoby, je to divné, neboť v Kubáncově domě je jenom ona a potom nějaké ty mulatky, které se ovšem nepočítají. Nesluší se na seňoru, aby prorokovala a vešla takto ve styk se zlými mocnostmi; pročež byla povolána stará černoška, která se v tom vyznala pomocí nesmírně špinavých karet, rumu a zaříkávání. Když byly karty rozloženy, počala Moréna mlet hubou tak úžasně rychle, že stará dáma stěží rozuměla každému desátému slovu; ne tedy jisto, co bylo psáno ve hvězdách, leda zas jen mnoho peněz, daleká cesta, ženská osoba a hrozné neštěstí, které černoška znázorňovala ukazujíc divoce na podlahu. Nebylo tam nic než kovový brouček pomalu lezoucí; když černá věštkyně pateticky ukázala na zem, zarazil se, stáhl nožičky a dělal mrtvého.

Buď jak buď, byla to přece jen výstraha; nedbal-li jí Kubánec, je zřejmo, že i on jednal z hlubší nutnosti. Především koupil osobní papíry po jakémsi člověku, který zemřel v nemocnici; este hombre musel mít nějaké jméno a totožnost a neměl nic proti tomu, aby od nynějška byl Mr. George Kettelring. Kettelring je dobré jméno; může to být Yankee, Němec nebo ledacos jiného, a vypadá to obchodně a věrohodně. Když George Kettelring, tedy George Kettelring; nikdo se nebude ptát, odkud přišel, protože nedělá dojem, jako by byl na ostrovech od včerejška. Říká se mu el secretario, což neznamená nic určitého; hlavně má překládat a psáti dopisy. Když psal první koncept, řekl bych, že se zarazil a díval se strnule na své písmo; nejspíš mu příliš připomínalo něco hluboce osobního, co si nemohl v paměti vybavit; asi to bylo jeho ztracené já uchované v tazích rukopisu. Od té doby psal jen na stroji, mírně pobaven rozsahem a spletitostí Kubáncových obchodních zájmů. ,Mírně pobaven', to je to pravé slovo; ať se jednalo o úroky, nebo melasu, o rentabilitu tabákových polí, o kolektivní smlouvy s cejlonskými kuli na Trinidadu, o pozemky v San Domingu nebo na Martiniku, o cukrovar na Barbudě, nebo o agenturu v Port au Prince, zdálo se, že to pro něho nejsou skuteční lidé, skutečné statky, skutečné zboží, skutečné peníze, nýbrž věci poněkud komické tím, že jsou tak daleké a neskutečné; jako byste mu povídali o hypotéce na Alfa Centauri, o výnosu polí na Algolu nebo úzkokolejné dráze mezi hvězdami Boota či Malého vozu. Z obchodního i lidského hlediska není zajisté příjemné, dívá-li se někdo na vaše zájmy, investice a hypotéky z takové astrální vzdálenosti, a starý Camagueyno nejednou podrážděně zvedl obočí, když este hombre Kettelring tak divně a potěšeně vycenil zuby slyše zase nějaké nové jméno. Člověka to znepokojí, zachází-li někdo s jeho majetkem tímto nevážným způsobem, jako by to byly pouhé vidiny či co. Jenže starý flibustýr brzo shledal, že to má své dobré. Mr. Kettelring ani nemžikl, ať psal cokoliv; řekněme vypovědět úvěr plantážníkovi, který se zoufale pachtí tamhle na Marie Galante, propustit lidi z práce nebo položit někomu nůž na krk; někdy to ani Kubánci nechtělo z krku, funěl, váhal a čekal na nějakou námitku, ale už to vesele rachotilo na psacím stroji a este hombre jenom zvedl pobavené oči, co dál. Camagueyno míval kdysi starého písaře, Španěla; ten stařík se vždycky strašně hádal, když měl napsat takový dopis, dal se do pláče a utekl; vracel se opilý a napsal to s tváří zatrácence, proklínaje svou matku jako kurvu všech kurev. Teď to šlo hladce, po čertech hladce, jen to drnčelo. Starému Kubánci bylo, myslím, až úzko, že to jde, jako by namazal; už ani nemusí diktovat, stačí, aby pokrčil rameny nad dopisem chudáka, kterému limová plíseň sežrala sady, a Mr. Kettelring to napíše, a farmář se může jít oběsit. Zdá se, že Mr. Kettelring nemá svědomí. Nejspíš se svědomí ztrácí zároveň s pamětí.

Ale byla tu, jak možno soudit, jiná okolnost, která se týkala právě paměti. Este hombre Kettelring sice, jak známo, ztratil paměť se vším všudy, ale zato se v něm urodila nová, se kterou by se mohl ukazovat. Pamatoval si doslova dopisy, účty a smlouvy, které mu prošly rukama. Tomu jsme před měsícem psali to a to, ten to má ve svém memorandu of

83

agreement tak a tak. Hotová živá registratura. Camagueyno, žvýkaje své věčné cigáro, pohlížel zamyšleně na nepochopitelného pana Kettelringa. Občas vytahoval ze svého sejfu v hloubi domu fascikly starých smluv a obchodní korespondence. Přečtěte si to, řekl, a Mr. Kettelring si to přečetl, a věděl. Starý Kubánec nedal mnoho na takové novodobé vymoženosti, jako je pořádek; mimoto mnoho z jeho zájmů bylo toho druhu, že je raději neuložil v písemnostech. Byli někteří ctihodní piráti jemu rovní, se kterými stačilo vykouřit cigáro a podat si na to ruku. Ale člověk stárne a neví, kdy padne jeho hodina; i počal váhavě zasvěcovat pana Kettelringa do svých obchodů a svěřovat jeho paměti, co a jak kdy bylo. Můžeme mít za to, že to nebyly jenom obchody. Starý kraj Camaguey, savany se stády, urození kubánští statkáři oněch dob; bývalé dostihy v Habaně, společnost dvorná a decentní, dámy v krinolínách – Víte, že kubánská společnost byla nejvznešenější a nejuzavřenější na světě? Byli jen páni a otroci, ale žádná chamraď. Stará Kuba, pane Kettelringu. A starý pán, přemáhaje svůj revmatism, ukázal, jak se klaněl kavalír dámě a jak dáma kavalírovi, div nepoklekla, nabírajíc sukně oběma rukama. A tehdejší tance, chaconne nebo danzón, – ne, žádné tyhle rumby a sony; to tančili leda černoši, to byla říje Morénů a Pardů, ale Kubánec, pane, by se tak nezahodil. Teprve Yankeeové nás ponegřili. Camagueynovi to zahořelo v očích. Ani ty mulatky už nejsou, jako bývaly. Jaké tehdy mívaly malé a kulaté zadničky! Dnes už jsou pokaženy amerikánskou krví; příliš hrubé kosti, seňor mio, a široké huby, jen křičet. Však také řičí, ale tehdy vrkaly, ano, vrkaly, když to na ně přišlo. Starý pán mávl rukou. Vůbec se teď příliš mnoho huláká; to zavedli Amerikáni. Dřív se víc mlčelo, bylo víc důstojnosti –

Mr. Kettelring poslouchal, oči přivřeny, s malým a roztržitým úsměvem. Jako by do jeho prázdného nitra proudem vtékala dávná a rytířská minulost."

## XXVII.

"Ale jinak si lze představit, že s Mr. Kettelringem nebylo mnoho řeči; zdálo se, že se vyhýbá lidem, jako by se bál, aby ho někdo nepoznal a neplácl ho po rameně, jak se máte, pane Ten a ten? Pil-li, pil zajisté sám a těžce; zapadal do dupáren, kam chodili i colorados, shlížel na poplivanou podlahu plnou pecek a nedopalků a mluvil sám k sobě jazykem, ve kterém se mu právě zalíbilo. Myslím, že občas zabreptal větu, kterou pak dlouho zamyšleně luštil jako trosku vyvrženou vodami Léthé; ale protože musel být strašně opilý, aby se z hlubin jeho podvědomí odpoutala taková slovní vzpomínka, nedošel nikdy k žádnému rozluštění a jen klátil hlavou, polo usínaje a mumlaje něco, čemu sám nerozuměl. A do toho bublání černošských bubínků a tamtamů, rolničky a guitarry, hudba šílená a uřícená, splašený katarakt, z něhož se vynořuje vřeštící a nahatá holka plácající se po lesklých bocích, řičení trubky a pleťový zvuk houslí, ach, jako bys hladil hladká záda a ramena, záda prohnutá a hebká, jen do nich nehty zatnout. Mr. Kettelring zatíná nehty do zpocených dlaní a klátí hlavou, ale nestačí do taktu těm černým muzikantům, kdepak, to by mu upadla hlava a kutálela by se po zemi. A cože ti muzikanti tolik poskakují, počkat, počkat, ještě jsem tolik nepil, aby mně přecházely oči; počkat, zamhouřím oči, a až je otevru, ať tiše sedíte, to vám povídám, ale ne abyste přestali hrát. Pan Kettelring otvírá oči; černí muzikanti hopkují a ukazují bělma, ten s vřeštící trubkou vstává, jako by se vynořoval ze tmy, a na kousku podlahy se vrtí hnědá chabine v květovaných šatech, olivový Kubánec jí přehodil červený šátek kolem boků a tiskne ji k sobě, břichem k břichu, trou se o sebe v zuřivém a křečovitém rytmu, Kubánec s otevřenými ústy a mulatka s očima v sloup, přešlapují a supí, ukazují zuby, jako by se chtěli pokousat; a druhý, třetí pár, je jich tu plno, vrtí se mezi stoly, vrávorají a řvou smíchem, dorážejí na sebe, lesklí potem a pomádou; a nad tím vším vřeští a tryská trubka svým pohlavním triumfem.

Vizte Mr. Kettelringa, kterak bubnuje na stůl a klátí hlavou. Bože, co mi to připomíná, co mi to připomíná? Jistěže jsem byl někdy právě tak opilý, ano, právě tak, ano, ale jak se to skončilo? Marně se namáhá zachytit jakýsi obraz, který mu uniká. Mulatka blýská zuby a očima, má v zubech květ hybišku a kolébá se v bocích; ano, vím, mohl bych s tebou jít, ale představ si, děvče, že si nemohu vzpomenout – Nějaký mladík se naklání nad panem Kettelringem a něco mu domlouvá. Pan Kettelring vytřeštil oči. Qué vuole? Mladík s tenkým krkem se šklebí a důvěrně šeptá. Mohu vás, pane, dovést ke krásnému děvčeti. Krásná, barevná, zachroptěl a mlaskl jazykem. S panem Kettelringem se najednou něco stalo; vyskočil a uhodil mládence do tváře, až odletěl a svalil se naznak mezi tanečníky. Mr. Kettelring řval a bil se pěstí do čela: teď, teď už si vzpomenu – Nevzpomněl si; byla z toho hrozná řež a potom ještě hroznější pitka s nějakými Američany, kteří vyházeli celý lokál i s holkami a muzikanty, načež obsadili dobyté území; prohlásili, že Kubánci jsou banda míšenců a nigrů, a ověnčili se papírovými růžemi, které v této zemi květin zvyšovaly nádheru kubánské dupárny.

Tehdy z toho, řekněme, povstaly demonstrace kubánských nacionalistů proti Američanům. Vložili se do toho domácí studenti, a mávajíce modře a bíle pruhovanými praporky, řečnili ohnivě proti Státům. Nic platno, bylo nutno celou věc úředně vyšetřovat. Starý Camagueyno podrážděně burácel v oblacích kouře; jednak uznával, že mladí lidé v tomto klimatu potřebují svého vyražení, čímž mínil Mr. Kettelringa i horké hlavy kubánské mládeže; jednak nenáviděl Amerikány a byl celým srdcem oddán víře, že Kuba patří Kubáncům; jako obchodník byl pro pořádek a jako Camagueyno pro zúčtování s cizinci. Nerad by ztratil este hombre Kettelringa, a hlavně se bál toho, že by při úředním zjišťování mohla být zkoumána jeho identita; kdožví zda by se policie nezačala znovu zajímat o toho nebožtíka s třemi kulkami v lebce, který byl připsán na účet neznámých rowdies ze Severu (neboť domácí lidé, jak známo, vyřizují své věci nožem; což neplatí o peónech, kteří mají za sebou zkušenosti z Nového Mexika). Ay, hijos de vacas, cobardes, cojones! dály-li se dřív na Kubě takové věci? Každý se sám a bez úřadů staral o svou čest, nebylo hádek a rvaček, neboť nikdo nechce být zapíchnut. A jaká bývala na Kubě spravedlnost! starala se, jak se sluší, o majetek, o práva, o smlouvy nájemní a dědické, a ne o pračky opilců. Starý pán chmuřil chlupaté obočí, hluboce roztrpčen, a odplivoval hnědé sliny, zatímco Mr. Kettelring, opuchlý a zježený, klepal na stroji. Ten Holanďan na Haiti žádá znovu o zvýšení úvěru na stavbu cukrovaru –

Mr. Kettelring zvedl krví podlité oči. ‚Minule psal, že montéři dokončují lisy; teď píše, že nemá dosud lisovnu pod střechou.'

Kubánec se zakousl do cigára; nemá-li teď jiné starosti?

‚Někdo by se měl na tu stavbu podívat,' mručel Mr. Kettelring, a jal se znovu rachotit na stroji.

Starý Kubánec se počal tiše chechtat. ‚To je nápad, Kettelringu! Nechtěl byste si tam zajet?'

Este hombre pokrčil rameny, bylo mu to patrně jedno; ale Kubánec se zahalil kouřem a přemítal, otřásaje se smíchem. ‚Znamenitě, pane, pojedete na Haiti. Zatím to tady vychladne, a naše záležitosti tam dole potřebují, aby se na ně někdo podíval. To máme agenturu v Port au Prince, ty věci v Gonaivě a v Samaná – však víte.' Starý Camagueyno se nesmírně bavil. To bych rád věděl, co si este hombre počne na Haiti; to není Kuba, sabe? Nejspíš se tam uchlastá v rumu, pokud ho černošky nevytřepou z kalhot; tam lidé zpitomějí tak, že už ani nekradou. Pravda, bylo by tam třeba šikovného člověka; daly by se tam dělat peníze – – Kubánec zvážněl. Haiti, to není Kuba; tam to ještě nerozkradli Americanos, tam nikdo nevydrží, ne, ten život nevydrží nikdo, leda negr. Nicméně mohlo by se tam kupovat a prodávat – A tenhle člověk nemá zbytečně mnoho svědomí. Třeba tam vydrží; člověk vydrží mnoho, když nemá svědomí.

‚Šel bych,' vycedil roztržitě Mr. Kettelring.

Camagueyno ožil; máčeje si jakousi hrušku v soli, počal

plnými ústy vykládat, jaké informace odtamtud potřebuje. Pijte, Kettelringu, na vaše zdraví; a dejte si, člověče, pozor na ženské, jsou celé divé po plavých chlupech. Hledám pozemky, které se hodí pro třtinu. Sázím na cukr, Kettelringu, ještě deset let sázím na třtinový cukr, a la salud de usted! A varujte se kouzelníků, ten dobytek nejsou ani křesťané. Ano, budeme potřebovat skladiště v Gonaivě. Posílám vás jako vlastního syna, Kettelringu, a zapřísahám vás, střezte se těch obeahos, těch čarodějů. To a podplácet úřady, to máte to nejdůležitější. Starý Kubánec sál ze svého cigára jakousi temnou moudrost. Raději černošky než mulatky, člověče; černoška je alespoň zvíře, ale mulatka je ďábel. Ďábel, povídám. Dejte pozor na tu agenturu v Port au Prince. Nezapomeňte vzít s sebou mast na parazity, Kettelringu, a pište mi, co a jak a jaké to tam je se ženskými."

## XXVIII.

"Rozumí se, byl jsem se podívat ve skleníku botanického ústavu, abych si udělal představu o tropické vegetaci. Mohl bych nyní dost podrobně popsat krotony s listy červeně a žlutě žíhanými, tak nádhernými, že by je člověk považoval za jedovaté; akalyfy s listy míniovými, sametové lupeny anthurií skloněné nad temnými tůněmi, jež nasládle páchnou hnilobou, porosty černého pepře a tvrdé poháry bromelií, z nichž tryskají nepochopitelně růžové nebo neskutečně modré květní klasy; pandany stojící na špičkách kořenů a ostře ozubené jako pilky, nemluvíc o palmách; v těch se normální člověk, který nechodí s hlavou zvrácenou nazad jako Gulliver, když se vrátil ze země obrů, vyznat nemůže. Ale kdybych měl přesně říci, jak si představuju tropickou krajinu, musel bych toto vše nechat stranou a propuknout, jako Rimbaud, v údaje zeměpisně poněkud neurčité. ,Narazil jsem, vězte, na neuvěřitelné Floridy mísící s květy oči pardálí a s lidskými kůžemi duhy napjaté jako uzdy; viděl jsem kvasit močály, kde obrovští hadi žraní štěnicemi klouzají z křivých stromů s černým zápachem; chtěl bych ukázat dětem ty zlaté kraje…' Ano, tak nějak; ale tuto mokvající džungli by bylo nutno prosekat do běla rozžhavenou sluneční hachettou, vypálit buřeň a zašlapat jiskry bosou tlapou; nasázet bataty nebo kávovníky a postavit slaměné chýše, a teprve pak ukázat dětem ty zlaté kraje, kde se mísí květy a vůně, lidské pleti a obchodní agenti, ohromní hadi, vývoz a pracovní síly, modrý lesk motýlů a mezinárodní konvence o produkci plodin. Jaké nesmírné a kypící bastardství, jaká divoká džungle! vězte, že neputuju do žádného ráje, kde bych spočinul ve stínu palem, a přírodo, obejmi mne, zasypej mne nachovým květem a vůní jasmínovou; bohužel, bohužel, věci pro mne nejsou tak prosté. Chtěl bych nahlédnout, jaká se to tam vaří pekelná a ostrá omáčka ze slunce, konjunktury, lidských plemen a obchodu, z divočiny a úvěru, ze základních pudů a civilizace; člověče, ani čert by v tom kotli nechtěl míchat vařečkou. Rád bych se podíval, co je divočejší, zda Zelený Had, kterému se klanějí černoši, nebo Hospodářské Zákony, kterým se klaníme my; vím jen, že to dvoje dohromady je prales fantastičtější než přesličkové háje, ve kterých praještěři seděli na vejcích. Je otázka, bude-li černé kuře, drbající se ve stínu sladkých bramborů, prodáno na trhu či bude-li mu ukousnuta hlava pro usmíření pohněvaného a nejvyššího Hada. Chtěl bych vidět Zeleného Hada, kterak, stočen v křesle, se usmívá do telefonu a vyřizuje své obchodní záležitosti. Cože, burza v Amsterodamu je slabá? Well, zrušíme plantáže na ostrovech Závětrných. Zelený Had se hněvá, škubaje ocasem ve světových mořích.

  A šel jsem se podívat do statistik, abych začichal, z čeho se ta tropická omáčka vaří. Máte tu, pokud mluvíme o Antilách, všechny myslitelné variace: počínajíc Kubou, kde je jen třetina colorados a dvě třetiny bílých (což porušuje klasickou tradici otrokářských zemí; správný poměr je dva barevní na jednoho bílého), a končíc republikou Haiti, kde v tropickém zoufalství agonizuje hrstka bělochů mezi řvoucími a řehtajícími negry. Přidejte do toho pro zvýšení chuti syrské lichváře, Číňany a dělníky importované z Indie, Jávy nebo tichomořských ostrovů. Jaká skvělá myšlenka! importovaný kuli se dá lépe ovládat než domácí pracovní síla; počkejte, až Zelený Had zkolonizuje Evropu, budou se dělníci převážet ze země do země; budou líp poslouchat a nebudou se starat o nic než o práci a soulož.

A tato horká omáčka je důkladně posolena solí země. Každá koloniální moc sem posílá své vybrané vzorky, aby tu důstojně reprezentovaly poslání bílé rasy. Jdouce do celého světa učte všechny národy, co je to Stát a Obchod; kamkoli vstoupí vaše noha, založte úřady a obchodní agentury. Ukažte těm ubohým divochům požehnání civilizace v podobě vzteklých, podrážděných, churavých lidí, kteří se tu cítí ve vyhnanství a počítají dny a peníze, kdy se budou moci vrátit k svým tetičkám a bratrancům. Musí se jim namluvit, že na jejich bedrech spočívá Důstojnost Státu nebo Prosperita, aby se neuchlastali steskem a leností a vydrželi ještě nějaký čas utloukat své dny prestižními otázkami, klepy a převlékáním zpocených košilí. Takový Camagueyno si aspoň nenalhával, že zastupuje vyšší zájmy; byl to poctivý pirát, a proto jsme u něho prodleli s jistou zálibou.

Máme to tedy ve svém horkém kotýlku pořádně namícháno: britské, americké, francouzské, holandské guvernéry, lajtnanty, obchodní zástupce a skladníky; krásné kreolky a starousedlíky, cosi jako koloniální aristokracii; odtud můžeme vesele seskakovat po stupních člověčenstva od pletí tříslových, čajových, světle kávových až k bělosti malomocenství. Budeme mít ve své garderobě sombrera Kubánců a oranžové střevíce mulatů, lesklou nahotu Yorubů a pestré madrasové turbany děvčat z Guadelupu. A to všechno odevšad dovezeno, smeteno, nastěhováno z celého světa; báječné haraburdí, ve kterém se lze přehrabovat; španělské, africké, britské, francouzské tradice ve stavu anachronické výlučnosti nebo groteskní bastardizace. Jen kolibříci, ropuchy, prales a tabák, nepočítáme-li plevel a nemoce, jsou tady původní. Ostatní vybujelo na smetišti lidského obchodu.

To tedy jsou ostrovy mé touhy, tak si je představuju; jak

vidíte, nejsem lovec duhových motýlů ani se nevydávám za snílka, který prchá do panenské přírody, aby nah a ověnčen vzýval slunce. Nic takového. Říkám-li tomu únik, tedy je to útěk do samého středu věcí, kde se všechno utkává, kde se páří věky ve zvrhlém míšení kultur. Tady je to ještě orgie a násilnění, tady se páše zisk křečovitě a nadivoko jako smilstvo. Nechte to být, takto se nám zjevuje lidstvo v pozoruhodném rozkyvu svých lidských... i nelidských možností."

## XXIX.

"Ten cukrovar na Haiti si představuju blízko černošské vesnice, zvané na mapách, dejme tomu, Les deux Maries; pozůstával z několika nedostavěných zdí, žádných strojů a tří set akrů žluté, rozpukané půdy, zarostlé pralesní buření a třtinou čtvrtého ratoonu, tedy pětiletou, bez šťávy a cukru. Holanďan už před časem moudře zmizel, a Mr. Kettelring se nastěhoval do jeho chýše, když nechal vychytat stonožky. Byl celkem spokojen; za zády měl prales, houštinu kaštanovníků, kaklínů a čertových stromů, zpíval mu ptáček keskidý a večer, večer se vyrojili z houští svítící brouci a netopýři kličkovali křivolakým letem nad suše šelestící třtinou; z vesnice bylo slyšet, jak bubnují a tančí černoši oslavující příchod nového pána. Mr. Kettelring si oddychl; tady, namouvěru, není třeba mít jméno, a co se týče paměti, co s ní, co s ní? člověk mžourá žárem nebo ospalostí a nechce se mu putovat v čase po pěšinách vzpomínek. Jsi tady, a dost: je to taková trvalá, bzučící přítomnost.

Měl by napsat psaní Camagueynovi, jak to tu vypadá, ale je na to líný. Kolem chaty bují svlačec a hybišky, kasava a banán mafafo; chlupatá housenka leze po stonku a mravenec pobíhá nahoru a dolů po ohromném listě, jako by tam měl nějaké poslání. Po nějakou dobu baví člověka dívat se, jak se honí ještěrky po rozestavené tovární zdi; ale pak ta ještěrka ustrne a sedí, sedí jako přibitá; mít po ruce kámen – ta by se mihla jako blesk! Ale počkej, já ti to pokazím. Mr. Kettelring přivolává prstem černocha, který se před ním schovává za zdí. Je to místní starosta, dodavatel pracovních sil, dozorce a vůbec hodnostář. Co tohle je za pořádek, praví pan Kettelring; vy bando zlodějů, vy ropuchy, marš stavět továrnu; přivedeš sem třicet lidí, rozumíš, compris? já vám proženu kulky, vy lenoši! Tak, a teď se nějaké dva tucty černochů hemží na staveništi a dělají, jako by stavěli; ještěrky to mají zatrženo a Mr. Kettelring mhouří oči do třesoucího se žáru. Aspoň se něco děje; aspoň se mu zdá, že něco dělá; aspoň se nemusí dívat na nedostavěnou, ohavnou zeď, na které ustrnula ještěrka, jako by nemohla z místa. Něco se děje, i uteče den, týden, měsíc; a noc, nu, v noci je palmové víno a spánek, v noci jsou hvězdy, noc se už nějak přečká.

Už kladou krovy, bylo by načase uvážit, k čemu se vlastně staví taková hromská budova. Mrví se u té stavby pomalu celá vesnice, báby, selata, nahaté děti, slepice, všechno; aspoň se něco děje. Ale cukrovar to nebude, nejsou stroje. Rychle, lenoši, rychle, nevidíte, že tamhle na rohu zase ustrnula na zdi ještěrka, jako by nevěděla, co chce? Mohla by to být, řekněme, sušírna; sušírna se vždycky k něčemu hodí.

Občas za ním přijel na mule soused, mladý plantážník, Pierre se jmenoval; selský syn z Normandie, který chtěl tady nadělat peníze, aby se mohl doma oženit. Byl vychrtlý a těžkopádný, zmořený boulemi a zimnicí, smrt mu koukala z očí. Vy Angličané, naříkal: (neboť považoval Mr. Kettelringa za Brita), vy umíte poroučet; ale člověk, který je zvyklý šetřit, se tomu nikdy nenaučí. Ne, člověk, který šetří, nedovede dělat pána. Považte si, když ti negři viděli, že sám pracuju těmahle prackama, – pak to už s nimi nebylo k vydržení. Myslíte, že jim mohu něco poručit? Smějí se mi do očí a všechno mi dělají naschvál. – A líní, můj bože! – Otřásal se nenávistí a odporem. Letos mně nechali zajít sedm akrů mladých kávovníků – Přece nemohu to vyplet sám, že? – Byl roztrpčen, div neplakal. – A když jedu do Port au Prince k těm pánům v bílých střevících, co se jim říká obchodní zástupci, a řeknu jim, mám kávu, mám zázvor, mohu vám dodat muškátové ořechy – Nic prý nepotřebujeme. Řekněte,

Kettelringu, tak nač tam sedí, když nic nepotřebují? Přece ne proto, aby chytali mouchy? Dělají, jako bych tam ani nebyl. A pak řeknou: co vlastně chcete? Můžeme vám dát tolik a tolik – Směšná cena. A to jsou i Francouzové, Kettelringu. Kdyby věděli, co to je, být tady nahoře –

Pierre to těžce polykal, až mu ohryzek přebíhal nahoru a dolů; škrabal se po celém těle, jak ho svědil červený roztoč. Vždyť je to peklo, sténal. Tihle mulati – myslí si, že jsou jako my. Můj otec byl americký agent, já nejsem žádný negr, nafukuje se takový povaleč. A člověk se dře – Mám v Havru nevěstu, hodné děvče, je písařka v obchodě; kdybych to, pane, aspoň mohl všechno tady prodat, aby mně zbylo pár tisíc franků – S hlavou v pěstích vzpomínal Pierre, jak to bývalo u nich doma; ani si nevšiml, že Mr. Kettelring mu na oplátku nevypravuje žádnou svou vzpomínku; vzpomínání je sobecké. Naříkal si na pot a únavu; poradili mu, aby jedl sloní vši, ořechy stromu kašú, ty prý zahánějí únavu a zbystřují rozum. Chudák Pierre jich nosil od té doby plné kapsy a žvýkal je ustavičně; nevěděl, že mimo jiné je to i pohlavní dráždidlo, a vysychal touhou po své nevěstě. Mimoto se bál černošek, že jsou nemocné, a ošklivil si je, protože nenáviděl negry; což mu nezničili sedm akrů kávových kultur? Řekněte, Kettelringu, mumlal horečně, řekněte, vy s nimi spíte? Já bych nemohl –

Když se jednou deset dní neukázal, jel ho Mr. Kettelring navštívit. Pierre ležel se zápalem plic a nepoznal ho. Mon. amant, chlubila se černoška, která byla v jeho chýši, strašná ženština posetá strupy, moi, sa femme, hé? od minulé noci. A řehtala se, až se jí bimbaly vykojené prsy, a plácala se do boků.

Několik dní nato Pierre zemřel.

Zvláštní, jak se začnou lidé o člověka zajímat, když zemře. Za dva dny přijeli dva páni zdola, z Port au Prince, a co prý bude s plantážemi po panu Pierrovi. Přišli navštívit i Mr. Kettelringa. Seděli u něho, natírali si opruzeniny palmovým olejem a balzámem simarubovým a nadávali na tu celou sviňskou končinu; tady by se dalo vydělat, kdyby ta černošská chamraď nebyla líná jako štěnice; jakpak to je tady s pracovními poměry? a co to, Mr. Kettelring, stavíte – cukrovar či co? Mr. Kettelring mávl pohrdavě rukou. Cukrovar, tady? Příliš suchý kraj, pane. Takhle bavlnu tady pěstovat, to ano. Abyste věděli, toto bude sušírna na bavlnu.

Oba páni se přestali chvilku natírat a zabíjet komáry na upocených stehnech. Tak vida, sušírna na bavlnu; a my bychom zrovna měli zájemce o bavlnu. Plantážník z Nového Orleansu, ale tam už jsou příliš drahé pracovní síly. Ti všiví negři tam nahoře už mají odborové organizace, věřil byste tomu? A kolik je tu orné půdy?

Mr. Kettelring jim líčil tři sta akrů obdělaných pozemků; on to je sice z největší části prales, ale to je jedno, beztoho se na to nikdo nepůjde podívat. Ostatně nevěřil v žádného amerického plantážníka; kdo by se zajímal o bavlnu, a co vůbec s bavlnou? Založí se Haitian Cotton Plantation Society a budou se prodávat akcie; čert vem bavlnu, obchod nepotřebuje žádnou bavlnu; stačí sušírna s pozemky, aby se mohly vrhnout na trh pěkně tištěné akcie, čímž bude vykonáno záslužné dílo obchodního a politického pronikání. Na hlavičce akcií bude obrázek šťastných negrů s perspektivním pohledem na novou sušírnu v pozadí. Chudák pan Pierre; jeho kávovníky teď zarostou plevelí nadobro.

Bůh ví, rád bych popsal něco jiného, květ frangipánů, květ marhaníků nebo skvělost křídel motýlích; proč vlastně se obestavuju tou strašnou zdí ze žlutých a blátivých cihel? Kam jsem se to dostal, tohle je mi pěkná tropická krajina! Mohl bych sestoupit do své zahrady a potěšit se kvetoucími zvonky a jitřním chladem křovin; místo toho mhouřím v poledním žáru oči na žlutou zeď sušírny, vroubenou banánovými slupkami, výkaly a hnijícími košťály, a nemohu zapřít své hluboké uspokojení: tak, konečně jsme tady, dost daleko, abychom se opřeli lokty o kolena a lelkovali. Tedy takhle to vypadá, a toto je skutečnost: tato sluncem vypečená, dlouhá, špinavě žlutá zeď. A to jsme, chválabohu, unikli až na druhý konec světa.

Tam tedy jsme nechali Mr. Kettelringa; sedí před svou chýší, žvýká prasečí švestky a pohlíží zachmuřeně na ještěrky bez hnutí utkvělé na zdi sušírny. Přišel ohromný negr z Port au Prince a nesl na hlavě dopis. To píše starý Camagueyno, muy amigo mio a tak dále; zkrátka si mnul ruce, že právě prodal tři sta šedesát akrů bavlníkových plantáží u Deux Maries včetně se zařízenou čistírnou a sušírnou bavlny. Ta jistá záležitost, psal Kubánec, není ještě vyřízena; politické kruhy útočí na úřady, že tu aféru dosud nevyšetřily. Nechtěl by se seňor Kettelring podívat na nějaký čas do Gonaivy?

Kettelringovi to bylo jedno; nechal stát nedostavěné krovy a podíval se na nějaký čas do Gonaivy, z Gonaivy pro mne za mne do San Dominga, potom třeba na Puerto Rico, a pak už to šlo rychleji, od ostrova k ostrovu, na tolik míst, že už se nepodobaly skutečnosti."

## XXX.

"Podávám vám jen náčrt příběhu Případu X, ba ani náčrt to není; nedovedl bych souvisle vypravovat, co se s ním dálo rok za rokem. Ostatně jeho život se neskládal z událostí; k událostem je třeba vůle nebo aspoň něčeho, co není lhostejnost; ale ztrativ paměť, ztratil Případ X nepochybně i většinu zájmů, jež hýbají lidmi. Vy nemáte ponětí, jaká čilá síla je naše paměť; díváme se na svět očima dřívějších zkušeností, pozdravujeme věci jako staré známé a naše pozornost je vedena tím, co ji upoutalo kdysi; většina našich vztahů ke všemu, co nás obklopuje, je navázána jemnýma a neviditelnýma rukama vzpomínek. Člověk bez paměti by byl člověkem beze vztahů; obstupuje ho cizota, a hluk, který k němu zaléhá, neobsahuje žádných odpovědí.

A přece si představujeme pana Kettelringa, jak putuje z místa na místo, jako by něco hledal. Ať nás to neklame; nemá dost zájmu, aby za něčím šel, a kdyby byl ponechán sám sobě, snad by zůstal trvale sedět u té znovu se pukající zdi v Deux Maries, hledě na úprk a utkvění ještěrek. Jenže přijal obchodní zájmy kubánského dona za své a je jimi posunován. Všude je nějaký schod nebo pařez, kde se může usadit; sleduje cestu krůpěje potu, která mu stéká po zádech, naslouchá suchému šustění palem nebo lebbekových lusků a mírně se baví tím, že nazírá, jak se hýbají líní lidé. Je to jako kaleidoskop, a on jím točí, aby se pohybovali rychleji. Nu tak, nu tak, vy negři, hněte sebou, aby se něco dělo, aby se mi něco míhalo před očima; nakládejte na loď kokosové ořechy, noste koše na hlavách, válejte sudy s pimentovým rumem; trochu rychleji, abych vám nenasypal pepře do zadnice. Na vodě přístavu kreslí olej a špína duhové pásy, duhová kola; jaký krásný rozklad, jaká světélkující mršina! A hněte sebou, černá prasata, hybaj do té třtiny, ať se to vlní, ať se čeří to šelestící pole, ať se to zablýská nahými bedry v ryšavém palachu.

A přitom, zvláštní věc: aniž se o to staral, konaje vše to, jen aby něčím vyplnil svou lenost a nehybnost, je pravděpodobně provázen tím, čemu se v obchodě říká úspěch; lidé se bojí jeho lhostejných očí, jeho rozkazy jsou určité a neodmluvné, jeho zprávy posílané Camagueynovi jsou vzorem obchodní spolehlivosti. Poroučí, jako by tomu byl odjakživa zvyklý, a pohání lidi způsobem, kterému se podrobují s temným a bezmocným vztekem. Kdyby bylo vidět, že ho toto panování těší a že požívá sebe sama ve své moci a povýšenosti, bylo by to, bůhví, snesitelnější; ale jen strach a nenávist se ukládá na tato široká, lhostejná ramena, stále připravená jakoby k pokrčení. Ztrhněte si pupek, nebo táhněte, co je mi po vás. Ale docela dole, docela pode vším se tetelí malinký a bolestný podiv, takové věčné trnutí. Snad i já jsem nosil břemena nebo vesloval ve člunu, drbal si hřbet a jedl ve stínu špinavou placku; možná že jsem byl upocený skladník, běhající s listinami v rukou, nebo jsem měl bílé breeches a panama jako teď a dohlížel na lidi, aby se náležitě uřítili pro nějakého jiného Kubánce. To všechno je stejně daleko a stejně neskutečné; lze se na to dívat jako obráceným dalekohledem – tak daleko je to a tak směšné na pohled: jak se všichni pachtí, nosiči, písaři, skladníci a páni v bílých střevících, hrající tenis za sítí –

Nebo přijdou všelijací páni, Camagueynovi jednatelé a zástupci, plantážníci zatížení hypotékami, ředitelé cukrovarů, malí a hřmotní farmáři; hallo, Mr. Kettelring, má paní by si považovala za čest vás poznat, a Mr. Kettelring, což takhle jít na sklenku cocktailu – Za chvíli se zakoktávají před lhostejnýma očima pana Kettelringa: prý neúroda, špatný odbyt, ti zloději mulati a podobně. Mr. Kettelring je ani nenechá domluvit, nudí ho to; uděláte to tak a tak, pane, přineste mi výkazy, podívám se sám. Ti lidé před ním přešlapují, poníženě se potí a křečovitě, bolestně nenávidí toho milostpána, který jim bez dlouhých řečí ve jménu Kubáncově klade nůž na krk; a zatím Mr. Kettelring v sobě zkoumá takovou divnou a nepokojnou možnost. Třeba toto je mé bývalé, mé pravé já. Snad jsem býval otrokář s bičem, plantážník nebo co, člověk vládnoucí majetkem, a tedy i lidmi; jak bych jim mohl takto poroučet, kdyby to nebylo ve mně? Snad se to tady uvnitř ozve hlasitěji, budu-li to zkoušet na druhých; třeba to jednou ve mně zabolí, když někomu zasadím ránu, a poznám najednou, to že jsem býval já.

Nehledíme-li k zevním dějům, probíhá jeho život dvojím pásmem, nudou a opojením, a není nic víc, není nic jiného; jen nuda přebíhá v opojení a opojení v nudu. Nuda, jež je ta nejstrašnější, ta nejšerednější prozaičnost; nuda, která se téměř uspokojeně pase na všem, co je ohavné a jednotvárné, pusté a beznadějné, které neujde žádný smrad a chátrání, jež sleduje cestu štěnice, tání hniloby, plíživé trhliny ve stropě nebo marnost a hnusnost života. A opojení. Ať je to opojení rumem, nudou, rozkoší, nebo horkem, jen když se všechno změte, nechať přecházejí smysly, nechať námi vládne zběsilé nadšení; ať to nabereme všechno najednou, všechno najednou do úst a do rukou, abychom to mohli hltavě žrát a vymačkat všechnu šťávu, až nám poteče po bradě, prsy a ovoce, chladivé listí a řeřavý oheň; když nic nemá hranic, nemáme jich ani my, a vše, co se hýbe, hýbe se v nás; v nás houpání palem a boků, v nás sluneční mžitky a věčný pláč vody; z cesty, udělejte místo pro člověka, který je tak veliký a opilý, že v něm je všechno. I hvězdy, i šumění korun, i otevřená vrata noci. Jaké jsou to krajiny, kreslené opojením nebo nudou; krajiny utkvělé z mrtvého sucha nebo hnilobného mokvání, z much, zápachu, lepkavé špíny a rozkladu, nebo zase krajiny kolotající, nakupené ze sluncí, říje, vůní a palčivých chutí, dusných květů, vody a závrati. Poslyšte, nudou a opojením se dá obepsat pořádné peklo se vším všudy, tak rozsáhlé, že v něm je i ráj; ráj se vším svým úžasem a oslněním, se všemi rozkošemi, ale to je to nejhlubší peklo, neboť právě odtamtud stoupá hnus a znudění."

## XXXI.

"Řekněme nazdařbůh: Haiti, Puerto Rico, Barbuda, Guadelup, Barbados, Tobago, Curacao, Trinidad. Holandští agenti, britská koloniální elita, námořní důstojníci ze Států, skeptická a nepořádná byrokracie francouzská; a všude kreolové štěbetající v patois, negři, filles de couleur, mnoho lidí surových, víc nešťastných, a nejvíc těch, kteří se jakžtakž snaží uchovat důstojnost ohrožovanou pitím, svěděním a pohlavními mezaliancemi. Případ X, pokud to šlo, dával přednost vyšlapaným cestám; přesto snad byly týdny a měsíce, kdy mu bylo žít pod slaměnou střechou, v chýši postavené na břevnech jako holubník, aby měl pokoj od krabů a stonožek, na kraji pralesa praštícího větrem nebo dýmajícího v dusném lijáku; zde trůnil na dřevěných schůdkách, nechával si z chodidel vypichovat písečné vši a dohlížel, aby opět pár set akrů bývalé přírody bylo připraveno nést dřeň a plod byliny zvané Prosperita. Tu nastěhuje se požehnání do tohoto kraje, záležející v tom, že negři budou muset pracovat víc než dosud, ale zůstanou stejně bídní; zato v nějaké jiné části světa se přestane sedlákům vyplácet dřeň a plod jejich polí. To je běh věcí, a panu Kettelringovi je to jedno; když třtina, tedy třtina; ať bouchají sekery, piští komáři a hýkají černoši, – nakonec se to vše pěkně procedí a uhladí v klapání psacích strojů. Ne, to nejsou psací stroje, to jsou žáby, to jsou cikády, to pták tluče zobanem do stromu. Ne, to není pták ani chrastění stébel, to jsou spíš psací stroje; a Mr. Kettelring sedí na zemi a klepe prstem do zrezavělého psacího stroje. Jen obchodní dopis Kubánci, nic víc; ale ten ničemný stroj je tak sežrán vlhkostí a rzí – – Kettelringovi se jaksi ulevilo. Co dělat, tento dopis už nebude napsán; dobrá, tedy se vracím.

Tedy se vrací na Kubu, zaslouživ se o výnos třtiny na Ostrovech; vrací se na bachraté lodi naložené vanilkou, pimentem a kakaem, muškátovým květem a mandarínky, angosturou a zázvorem, na lodi plné vůní, rozšafné jako krám s koloniálním zbožím; je to holandská loď batolící se od přístavu k přístavu jako povídavá tetka, která se zastaví před každým krámem a má mnoho řečí. Žádný spěch, pane, ruce do kapes a koukat. Nač? Inu, na vodu, na moře, na sluneční cestu, která je na něm psána; nebo na ostrovy s modrými stíny, na oblaka zlatě vroubená, na létací ryby, jak rozstřikují třpytnou vodu. Nebo večer na hvězdy; to přijde břichatý kapitán, nabídne tlusté cigáro a také toho mnoho nenamluví. Koneckonců docela by stačilo zůstat nějakým panem Kettelringem. Stále je na obzoru nějaká bouřka, v noci to prošlehává širokými, červenými blesky za závojem dešťů; nebo začne světélkovat moře v bledých a modravých pruzích, které se rozbíhají a náhle se rozplynou; a dole, v té černé a šplouchající vodě, pořád něco fosforeskuje svým vlastním světlem. Pan Kettelring se opírá o zábradlí a je pln něčeho, co není ani nuda, ani opojení. Ano, to jediné je jisto: že kdysi už právě tak plul a cítil se takto šťasten a bez tíhy. Teď to v sobě ukládá, aby na to už nezapomněl. Na tuto touhu rozpřáhnout ruce. Na ten nesmírný pocit lásky, volnosti nebo čeho.

Camagueyno jej přivítal s otevřenou náručí; starý pirát dovedl být uznalý, když se mu vracel koráb naložený dobrou kořistí. Už nesedí s Mr. Kettelringem v kanceláři, ale ve stinném pokoji, u stolu pokrytého damaškem, anglickým sklem a konvicemi s těžkými stříbrnými hlavami, nalévá mu černé víno – a patrně z úcty – se namáhá s ním mluvit anglicky. Pokoj se otvírá lehkými oblouky a sloupky do patia vyloženého majolikou; uprostřed zurčí fontána mezi palmičkami a myrtami ve fajánsových květináčích jako někde v Seville. Seňor Kettelring je nyní vzácný host, můj dům patří vám, praví Kubánec se starou španělskou velkolepostí a vyptává se na jeho cesty a návrat, jako by to byly toulky vznešeného muže jen tak pro zábavu. Mr. Kettelring nemá ovšem dost tradice pro tyto okolky a mluví business; tam to vypadá tak, onen dlužník je špatný, podnik tam a tam by mohl mít budoucnost a stojí za investice. Camagueyno kývá hlavou, very well, sir, o tom ještě budeme mluvit, a mává rukou; ale, ale to má dost času. Hodně zestárl, je důstojnější a pošetilejší, než býval; huňaté obočí mu jezdí nahoru a dolů po čele, a na vaše zdraví, drahý Kettelringu, na vaše zdraví. Pochechtává se vzrušeně. ,A co ženské, jaké to tam je se ženskými?'

Kettelring se podivil. ,Děkuju za optání, ještě to ušlo. Co se týče pozemků na Trinidadu, je to zatracený močál; ale kdyby se to odvodnilo – '

,Je to pravda,' sípěl Kubánec, ,je to pravda, že na Haiti jsou černošky jako zběsilé, když – když jsou ty jejich pohanské fiestas? He?'

,Je,' řekl Mr. Kettelring. ,Nadobro divé, pane. Ale nejlepší chabines jsou na Guadelupu.'

Camagueyno se k němu naklonil. ,A co Indky, jaké jsou Indky? Jsou muy lascivas? Prý mají – takové tajné nauky, je to pravda? Musíte mně všechno povídat, drahý Kettelringu.'

Do pokoje vešla dívka v bílých šatech. Kubánec vstal, obočí nespokojeně zvednuto div ne až k vlasům. ,To je má dcera Maria Dolores, Mary; studovala totiž na univerzitě ve Státech.' Bylo to, jako by ji chtěl omluvit; španělské děvče přece nevkročí do pokoje, kde je cizí caballero. Jenže Mary už podává po americku ruku. ,How do you do, Mr. Kettelring?' Tváří se kostnatější a hranatější, než je, chce vypadat anglicky; přitom bledě olivová a černá jako smola, srostlé obočí a pod nosem chmýří, pravá a dobrá Kubánka.

,Well, Mary,' povídá Camagueyno na znamení, že by mohla jít; ale Mary je americké a samostatné děvče, sedne si s nohama zkříženyma a pálí do Mr. Kettelringa otázku za

100

otázkou. Jak to vypadá na Ostrovech. Co se sociálními poměry černochů. Jak žijí, co děti, co zdravotní poměry. Mr. Kettelring se tiše baví její školní horlivostí, zatímco Camagueyno zvedá pohoršeně obočí jako dvě ohromné chlupaté housenky. A Mr. Kettelring lhal jako školní učebnice: Blažené ostrovy, Miss Mary, hotový ráj; samý panenský prales s kolibříky fufu, sama od sebe tam roste vanilka, jen ji trhat; a co se týče černochů, tedy nelze si stěžovat, radují se jako děti...

Americké děvče poslouchá, kolena objata, a nespouští oči z tohoto muže, který se vrací přímo z ráje."

## XXXII.

"Večer se Camagueyno brzy omluvil, sužován bolestmi žlučníku; vypadal opravdu bídně a oči mu hluboko zapadly bolestí. Pan Kettelring si šel vykouřit cigáro do zahrady; vonělo to v ní muškátem, akáciemi a volkamerií, a veliké můry drnčely jako opilé. Na majolikovém sedátku sedí bílé děvče a pootevřenými ústy vdechuje ten nesnesitelně sladký vzduch. Pan Kettelring se vyhnul uctivým obloukem, ví, co se sluší. A najednou letí cigáro do houštiny oleandrů. ,Seňorita,' řekl Kettelring rychle a skoro drsně, ,stydím se; já jsem vám lhal, je to peklo tam dole, a nenechte si namluvit, že tam člověk může zůstat člověkem.'

,A vy se tam vrátíte,' řekla tiše; to noc tak tlumí hlasy.

,Ano. Kam jinam bych šel?' Udělala mu místo vedle sebe. ,Snad víte, že nejsem... nikde doma. Nemám, kam bych se vrátil, leda tam.' Mávl rukou. ,Je mi líto, že jsem vám pokazil představu o ráji. Ale ne, není to tak zlé.' Hledal něco krásného. ,Jednou jsem viděl motýla Morpho; na krok přede mnou stříhal těmi modrými křídly, to vám byla krása – Seděl na hnijící kryse, plné červů.'

Univerzitní dívka se přísně narovnala. ,Mr. Kettelring –

,Nejsem žádný. Mr. Kettelring. Nač, nač pořád něco lhát. Nejsem nikdo. Já myslím, že člověk, který nemá jména, nemá ani duši. Proto jsem tam vydržel, sabe?'

101

A najednou to není univerzitní dívka, ale malá Kubánka, která lítostivě mžiká dlouhými řasami. Ay de mí, co mu říci, co mu říci pěkného? Nejraději utéci domů, neboť je tak divný; pokřižovat se a vstát – Ne, to americké děvče nemůže udělat, americké děvče mu bude kamarádkou; studovali jsme přece psychologii, můžeme mu pomoci, aby hledal ztracenou paměť a vybavil potlačené představy; nutno předem získat jeho důvěru – Americké děvče ho bere kamarádsky za ruku. ,Mr. Kettelring – nebo ne, jak vám mám říkat?'

,Nevím. Já jsem ten člověk.'

Tiskne mu ruku, aby ho vedla. ,Zkuste, zkuste myslet na své dětství. Na něco si musíte vzpomenout – aspoň na maminku, ano? že si vzpomínáte?'

,Jednou... jsem měl horečku. To bylo na Barbudě. Taková stará černoška mi dávala obklady z černého pepře vařeného s pimentem. Vzala mi hlavu na klín a hledala mně vši. Měla dlaň svraštělou jako opice. Tehdy jsem měl pocit, že je to jako maminka.'

Malá Kubánka mu chce vyrvat prsty, – má tak palčivou ruku; ale to by snad nebylo slušné, to je hrozné, jak je člověk v takových věcech nejistý. ,Tedy se přece jen pamatujete na maminku!'

,Ne, nevím. Myslím, že jsem žádnou neměl.'

Americká dívka je pevně odhodlána mu pomoci. ,Musíte se trochu namáhat. Vzpomeňte si na něco, když jste byl chlapec. Na nějakou hru, na kamarády, na sebemenší příhodu –'

Kroutil nejistě hlavou. ,Nevím.'

,Něco přec,' naléhala, ,dítě má tak silné dojmy!'

Snažil se vyhovět. ,Vždycky, když jsem se díval na obzor, jsem si představoval, že za ním musí být něco krásného. To je takový dětský pocit, že?'

,To jste si představoval doma?'

,Ne, tady na ostrovech. Ale přitom jsem si připadal... jako chlapec.' Drží se jí za ruku a odvažuje se dál. ,Poslyšte, já jsem... ukradl míč.'

,Jaký míč?'

‚... Dětský,' mumlal zmateně. ‚To bylo v Port of Spain, u přístavu. Zakutálel se mi pod nohy... Červený a zelený míček. Musel jsem jednou, jako dítě, takový mít. Od té doby jej vozím s sebou – '

Slzy jí vstoupily do očí; bože, jak jsem hloupá! ‚Tak vidíte, pane... pane Kettelringu,' vydechla vzrušeně, ‚půjde to, uvidíte – Zavřete oči a přemýšlejte, ano? Hrozně silně vzpomínejte – ale to musíte zavřít oči, abyste se soustředil!'

Zavřel poslušně oči a seděl bez hnutí, jako by i to mu bylo nařízeno. A je ticho, je slyšet jen vrčení opilých můr a zdálky zavýsknutí mulatky.

‚Vzpomínáte?'

‚Ano.'

Malá Kubánka, tajíc dech, se naklání k jeho obličeji. Jak je divný, jak vypadá přísně s těma zavřenýma očima; zmučený a hrozný – Najednou se jeho tvář uvolnila.

‚Vzpomněl jste si na něco?'

Vydechl hlubokou úlevou. ‚Tady je tak krásně!'

Musela zápasit s nesmyslným dojetím; a přece to z ní vyhrklo, ačkoliv právě to nechtěla říci: ‚Tady... to není peklo?'

‚To není peklo,' šeptal. Bál se pohnout rukou nebo otevřít oči. ‚Mně je to tak nové. Rozumíte, já jsem je neměl rád.'

Bůh suď, kdo toto dřív pochopil, zda americká dívka nebo malá a černá Kubánka; ale vytrhla mu ruku a cítila v tváři vlnu horka. Ještě štěstí, že je tak tma.

‚Měl jste...předtím někoho rád?' Bože, jaká tma!

Krčí těžkými rameny.

‚To byste si snad musel pamatovat!' To říká americká dívka, neboť Kubánka ví, že není vhodno takto mluvit s cizím mužem. Ale i velká americká studentka je zmatena; tam nahoře, v dívčí koleji, se přece debatovalo o všem; i s mládenci se mohlo mluvit otevřeně o čemkoliv – Bůh ví, proč je to tady najednou tak těžké. Chladí si tváře hřbetem rukou a kouše se do rtů.

‚Mr. Kettelring?'

‚Ano?'

‚Jistě jste měl rád nějakou ženu. Vzpomeňte si.'

Mlčel, opřen o kolena. Teď je to zase malá Kubánka, která tak nepokojně mžiká dlouhými řasami. ‚Nikdy,' řekl pomalu, ‚jsem nezažil to, co teď. To vím, to vím naprosto.'

Malé Kubánce se zatajil dech, to jí tak zabouchalo srdce, to se jí tak zachvěla kolena; tedy takové to je, milosrdný Bože, a je to tak krásné, že by se člověk dal do pláče. Ale americký mozek popadl tu větičku a honem ji zpřevracel. Ano, je to tak, a já jsem to hned poznala, hnedle, jak řekl: Seňorita, já jsem vám lhal.

‚Já jsem tak ráda,' povídá a zuby jí trochu drkotají, ‚že –' (Co vlastně? ) ‚– že se vám tady líbí.' (Ne, to není to, ale to už je jedno.) ‚Já mám tak ráda tu zahradu, bývám tu každý večer –' (Bože, to jsem to hloupě řekla!) Americké děvče se snaží nabýt vrchu. ‚Hleďte, Mr. Kettelring, pomohu vám vzpomínat, chcete? To musí být hrozné, když si člověk nemůže vzpomenout, kdo je.' Mr. Kettelring sebou trhl, jako by byl udeřen. ‚Já míním,' hledí to honem napravit americké děvce, ‚že bych byla tak šťastna, kdybych vám mohla pomoci! Prosím –' Dotkla se prstem jeho rukávu. (Jen kousíček flirtu, než půjdu! Jen aby se mi pěkně šlo domů!)

Vstal. ‚Prosím za prominutí. Doprovodím. vás.'

Stála před ním tak blízko, jako by ho držela za obě ruce. ‚Slibte mi, že budete vzpomínat!' Usmál se. V tu chvíli se jí zdál tak krásný, že div nekřičela štěstím.

Vyklání se z okna do té vonné noci; o patro výše žhne na balkóně řeřavý oheň cigára.

‚Halló, Mr. Kettelring!'

‚Ano?'

‚Vy nespíte?'

‚Ne.'

‚Já také ne,' sděluje blaženě a vyklání se nahými rameny do noci. Vezmi, pohlaď, sevři mi ramena, tady jsem; sáhni, sáhni tuto, jak mi buchá srdce.

Ne, já se nedívám, neodvážím se; hle, i cigáro hodím do tmy, aby nebylo vidět, jak mi jektají zuby. Damn, Mary, nehlaďte si ta ramena, vždyť to je, jako bych je hladil já.

...Já vím, já to cítím. Máte tak palčivé ruce, jako by ležely na slunci. Co to, že se mi tak třesou prsty? A přece jsem klidná, docela klidná. Já jsem věděla, že to přijde. Kdyže jsem to poznala? Nemusíte všechno vědět. Hned jak jsem přišla do pokoje a vy jste vstal – Takový veliký, a neví ani, čí je.

Muž nahoře na balkóně vzdychl.

Oh, Mr. Kettelring, please, nebuďte hloupý; to přece je na vás to nejkrásnější. Člověk by vás vzal za ruku a řekl: Dear lil' boy, čípak jste? Byla bych vás na místě políbila či co. Mateřský instinkt, myslím.

Děkuju uctivě.

Ne, nevěřte tomu. Já jsem se vás bála. Je to takové tajemné a hrozné – jako byste byl zakuklený. Naprosto vzrušující. Málem bych byla utekla, když jste na mne v zahradě promluvil; to vám byl strach!

Beg your pardon, já jsem vlastně nechtěl –

Ale já jsem chtěla, abyste přišel; to jste nevěděl? To je tak hloupé, tyhle španělské zvyky, že člověk s vámi nemůže sedět u oběda. Musí to setkání skoro ukrást... a hned je to takové divné; tluče mu srdce, jako by to byl hřích či co. Haló, jste ještě tam?

Ano, tady jsem, tady. Nedívejte se, nebo skočím dolů, Maria Dolores.

Honem si zakrývá ramena hedvábným šálem s třásněmi; teď je to zase černá Kubánka, která sladce mžiká dlouhými řasami do té tmy a nemyslí na nic, jen čeká.

Rozumíte, tam se potká tak málo bílých žen, tam dole; vy nevíte, jaký je to zázrak, mít najednou ten strašný a krásný pocit úcty. Tu touhu pokleknout a ani se neodvážit zvednout oči. Ay, seňorita, co bych udělal, abyste mi darovala svůj šáteček. Padl bych na kolena a byl bych do smrti šťasten.

Kubánské dívce září oči a pomalu, pomalu jí klouže mantón z jednoho ramene; jen malý proužek matné paže, ale je to víc, než co kdy – Asi ji ovál křídlem netopýr ve svém křivolakém letu; zachvěla se, zkřížila ruce na prsou, a je pryč.

A pak, ano, už bude svítat, v zahradě zatikal boží ptáček ještě ze spánku; americká studentka jde tiše, opatrně k oknu a dívá se k balkónu, – ano, i teď tam řeřaví rudý ohýnek cigára, stojí tam bez hnutí ten člověk a svírá rukama zábradlí; a děvče zavzdychlo, neboť štěstí bolí. Pak ještě dlouho seděla na kraji postele a vytrženě se usmívala nad svýma bílýma, oblýma nohama."

## XXXIII.

"Nedovedu si to vymyslit jinak: Celý den ho neviděla, bylo to jako z udělání; Camagueyno ho odvlekl do kanceláře a někam na oběd. Roztržitě referoval co a jak; tentokrát se ho musel Kubánec vyptávat, aby mluvil business, a to ještě pletl páté přes deváté a Barbudu s Trinidadem. Kubánec na něho upíral zapadlé, zkoumavé oči a pochechtával se, třebaže byl mučen bolestmi. Večeřeli opět sami dva; Kubánec byl celý žlutý utrpením, ale neměl se k tomu, aby vstal, a pořád jen doléval rumu, pijte, Kettelringu, u čerta, pijte přec! tedy jak je to s cukrem na Haiti? Kettelring dnes nemá tu paměť jako jindy, vázne a koktá – Tak pijte, člověče! Nakonec Kettelring vstal, dávaje pozor, aby nevrávoral. ,Jdu do zahrady, pane. Bolí mne hlava.'

Camagueyno zvedl obočí. ,Do zahrady? Jak je libo.' Znovu ten velkolepý posunek, jako by všechno náleželo vzácnému hosti. ,Mimochodem, Kettelringu, co dělá vaše paměť?'

,Má paměť, pane?'

Kubánec zúžil oči. ,Víte už aspoň – kdo vlastně jste?'

Kettelring se prudce obrátil. ,Myslím, pane, že jsem dost dobře znám… jako pan Kettelring.'

,Pravda,' mumlal Kubánec a díval se zamyšleně na své cigáro. ,Hloupé, že ani nemůžete vědět, nejste-li… řekněme… už dávno někde ženat, že ano?' S námahou vstával a tiskl si ruku k játrům. ,Dobrou noc, pane Kettelringu, přeju vám dobrou noc.'

Kettelring, přece jen trochu vrávoral, když sestupoval do zahrady. Čekala ho tam bledá, rozechvěná dívka, zahalená v šále; – za ní ve stínu stála ta stará mexická Indiánka s očima starostlivě a lidsky mrkajícíma. Aha, dueňa, pochopil pan

Kettelring, ale jinak mu všechno vířilo před očima: ohromné stíny, růžová záplava kvetoucích coralit, nesmírná vůně a děvče ve zřaseném šálu. Vzala ho v podpaží a vlekla ho do hloubi zahrady. ‚Představte si,' jektala rozčileně, ‚chtěli mně zakázat, abych sem šla!' Byla tím bezmezně uražena jako americká dívka, ale ty zaťaté pěstě, to je Kubánka. ‚Budu dělat, co chci,' hrozila plamenně, ale nebylo to pravda. Toto aspoň nechtěla udělat, to udělat nemínila: že v nejhlubším stínu, ve stínu hybiškovém na zem letí šál a ona visí na krku toho muže, jenž vrávorá zoufalstvím; zvedá k němu tvář, ústa bolestně otevřena žádostí polibku. ‚Seňorita, India,' mumlá varovně muž a svírá ji rukou, ale ona jen potřásla hlavou; nastavuje mu ústa, vlahý stín úst, aby ji vypil; ztuhlá, bez sebe, s očima v sloup. Náhle se mu zlomila v náručí, vyčerpaná, s rukama kleslýma. Pustil ji; kolísala s tváří v dlaních, bezbranná, podrobená. Zvedl šál a složil jej na její ramena. ‚Mary,' řekl, ‚teď půjdete domů; a já – se vrátím. Už ne jako Kettelring, ale jako ten, kdo bude mít právo si přijít pro vás. Rozuměla jste?'

Stála s hlavou skloněnou. ‚Vemte mne s sebou – hned, hned teď!'

Vzal ji za rameno. ‚Jděte domů. Bůh ví, oč mně je to těžší než vám.' Nechala se vést, jen když cítila tu těžkou, horkou ruku na rameni.

Z houští vystoupil dlouhý peón. ‚Va adentro, seňorita,' kázal chraptivě. ‚Pronto!'

Obrátila se tváří ke Kettelringovi; oči jí zářily bůhví čím. ‚Adios,' řekla tiše a podala mu ruku.

‚Vrátím se, Mary,' mručel zoufale este hombre žmole její prsty. Rychle se sklonila a políbila mu vlhkými rty hřbet ruky; byl by vykřikl hrůzou a láskou.

‚Va, va, seňorita,' chraptěl peón a ustoupil. Přitiskla tu ruku silně k svému srdci a nastavila tvář. ‚Adios,' vydechla a políbila ho ústy a tváří plnou slz.

Stará India ji vzala kolem pasu. ‚Ay, ay, seňorita, va a la casa, va a la casa.'

Nechala se odvést jako nevidomá, vláčejíc třepení šály po

zemi.

Kettelring stál bez hnutí, jako černý kůl, a mačkal v ruce malý, krajkový, pronikavě vonící šáteček. ‚Va, seňor,' bručel vaquero téměř chlácholivě.

‚Kde je Camagueyno?'

‚Čeká na vás, pane.' Peón škrtl o kalhoty sirku, aby zapálil Kettelringovi doutník. ‚Tudy, pane.'

Starý Kubánec seděl u stolu a počítal peníze. Mr. Kettelring se na něj chvíli díval a pak se zašklebil. ‚To je pro mne, že?'

Camagueyno zvedl oči. ‚To je pro vás, Kettelringu.'

‚Mzda nebo podíl ze zisku?'

‚Oboje. Můžete si to přepočítat.'

Kettelring nacpal peníze do kapsy. ‚Ale abyste věděl, Camagueyno,' řekl co nejzřetelněji, ‚já si pro ni přijdu.'

Kubánec bubnoval prsty na stůl. ‚Bohužel, v papírech Kettelringových je napsáno, že je ženat. Co dělat.'

‚Kettelring se už nevrátí,' děl este hombre pomalu.

Camagueyno na něj pobaveně zamrkal. ‚Inu, pravda, osobní papíry se dostanou koupit ne draho, že? Za pár dolarů – '

Este hombre si sedl bez pozvání a nalil si; byl nyní střízliv jako nikdy. ‚Dejme tomu, Camagueyno. Dejme tomu, že by to jinak nešlo. Ale velmi dobrý majetek by byl jako velmi dobré jméno, nemyslíte?'

Kubánec potřásl hlavou. ‚U nás na Kubě platí dobré jméno příliš mnoho.'

‚Kolik asi?'

Kubánec se smál. ‚Ech, Kettelringu – smím vám tak ještě říkat? – ‚vy přece víte sám, kolik tak zhruba dělá můj majetek.'

Kettelring hvízdl. ‚Mluvte rozumně, Camagueyno. Tolik přece nemohu vydělat za celý život.'

‚Pravdaže ne,' souhlasil Kubánec a chechtal se. ‚Teď už nejsou a nebudou ty časy.'

Kettelring si znovu nalil a přemýšlel. ‚To je pravda, pane. Ale kdyby se stalo, že by se váš majetek za pár let důkladně ztenčil, – pak by bylo lehčí jej dohonit, že?'

Oba se na sebe upřeně dívali. Tak, teď jsou karty na stole.

,Dejme tomu, Camagueyno, že někdo zná skrz naskrz vaše obchody a smlouvy, – s tím se dá ledacos pořídit.'

Kubánec sáhl po lahvici s aguardiente, nedbaje svých jater. ,Bez peněz,' řekl, ,se nedá dělat nic.'

Kettelring ukázal na svou kapsu. ,Tohle mně pro začátek stačí, pane.'

Camagueyno se smál, ukazuje dlouhé, žluté zuby; ale jeho oči byly zúženy ve zlé a hluboké střílny. ,Přeju vám mnoho zdaru, Kettelringu. Dal jsem vám hromadu peněz, že? Nu, co dělat. A la salud!'

Kettelring vstal. ,Já se vrátím, Camagueyno.

,Adios, muy seňor mio.' Camagueyno se ukláněl po starém kubánském způsobu, když doprovázel vzácného hosta až ke dveřím. ,Dobrou noc, pane, dobrou noc.'

Dlouhý peón zabouchl za Kettelringem mřížemi. ,Dobrou noc, pane.' A Případ X odchází mezi kvetoucími ploty bougainvilleí po cestě, která se bělá ve hvězdné noci, podobna Mléčné dráze".

## XXXIV.

"Teď už to není ten netečný člověk, před jehož lhostejnýma očima se přesypával kaleidoskop přístavů a plantáží; ale muž, který jde dobývat, rváč se vztyčenou hlavou, přetopený chlap, který div nedrnčí napjatými svaly. Jako by se nově narodil. Ale což není právě to ta nejvyšší pohlavnost lásky? Nerodíme se opravdu z prsou a klína ženy, kterou milujeme, a nekřičí toto lůno po nás proto, že nás chce zrodit? Nyní jsi můj, neboť jsem tě v otřesech porodila, mladého a krásného. A není-liž nám dosažení lásky cosi jako počátek nového a celého života? Řeknete, iluze; ale což mají iluze příčiny méně hluboké než zklamání?

A tedy jděme za ním nejprve na Haiti; je tam močál, o kterém se povídá, že jsou v něm ložiska černého bitumu; ale ten močál prý páchne tak, že v jeho blízkosti nevydrží ani pták, ani ropucha, ba ani černoch. Jel tam na koni – řekněme z Gonaivy, ale musel koně nechat na cestě a prosekávat si se svými negry stezku hachettou, zdrásán trním a rozsekán vysokou travou, ostrou jako břitva. Černoši mu utekli, musel se pro ně vracet a platit jim trojnásob; přes ten krásný plat mu dva cestou zašli, jeden uštknut hadem a druhý, čertví, zkroutily ho křeče a dodýchal se žlutou pěnou na papuli; asi nějaká otrava, ale černoši věřili, že to udělali džambiové, a nechtěli dál. Konečně dorazil k tomu močálu a viděl, že to není tak zlé; byly tam spousty komárů, může tu tedy živý tvor dýchat. Bylo to hrozné místo, černé a dusné, škvařící se ve slunečním úpalu; místy to bublalo žlutým a zpěněným hnisem, a tam to páchlo nesnesitelně. Vrátil se do Gonaivy, koupil ty pozemky a uzavřel smlouvu s jakýmsi zlodějským mulatem, který mu měl postavit cestu k ,Asfaltovému jezeru', jak tomu poněkud okázale říkal; načež odejel, řekněme, na Puerto Rico.

Tak, a teď se do toho opřel; rozhodl se hrát proti Camagueynovi, to znamená proti cukru. Už dříve psával starému Kubánci, že s cukrem to půjde dolů, ale Camagueyno tomu nechtěl věřit. Velké konjunktuře třtiny je v Pánu odzvoněno; nechte si říci, že to starým lišákem otřese. Věděl o lidech, kteří by rádi koupili Camagueynovy pozemky, podíly nebo ten onen podnik; šel k nim a ptal se, kolik mu za to chcete dát. Dobrá, zaručím vám, že to dostanete za polovičku, dáte-li mně takovou a takovou provizi. Kubánec vězí ve třtině až po uši a bude muset o překot prodávat, aby se vyškrábal ze samého cukru; ale ještě ho musíme drobet zpracovat. A pak se řítil, dejme tomu, na Barbudu, Terre-Basse, Barbados, Trinidad; shledal, že Kubánec už dostal vítr a začíná prodávat, aby zachránil své peníze. Kettelring se do věci vrhl s vysunutou bradou a vyhrnutými rukávy. Počkejte, počkejte ještě; nabídněte mu čtvrtinu, rozvazujte smlouvy, poraďte mu, aby vám políbil šos; to, co je před námi, není nic menšího než cukerní krach, jakého dosud nebylo. Koupíte cukrovar za cenu starého železa a plantáže za hrst prasečích bobů. A cena cukru klesá, třetina loňské úrody leží ve skladech; co s tím, nedá se tím ani topit, leda osladit Atlantický oceán; bude to pěkná sladká břečka, pánové.

Bylo to jako lavina, kdekdo začal utíkat od cukru (což se opravdu dálo) a prodával, co měl i neměl; tak, teď může starý Camagueyno hledat kupce pro své cukrovary a plantáže. Jen co je pravda, staroch se brání dobře, ale i v jeho nabídkách už je cítit paniku; chtěl bych vidět, jak mu rejdí to huňaté obočí nahoru a dolů. Inu, strhne to řadu lidí s sebou, ale to jinak nejde; což ušetřil někdo chudáka Pierra? Staří plantážníci chodí se svěšeným nosem a nechápou, co se to děje; nikdo jim nic nedá za jejich třtinu, za jejich kávu, vanilka je za babku, banány hynou panamskou nemocí; a nelze ani ukázat Ostrovům záda, protože kdopak by stál o tu obdělanou půdu, aby ji koupil nebo najal. A tomu se před několika roky ještě říkalo Zlaté Antily.

Nakonec se Camagueyno přestal bránit; měl tak dalece dobrý nos, že nečekal na to nejhorší a prodával, jak se říká, za každou cenu. Potvora, zachránil přece jen aspoň třetinu svého majetku. Mr. Kettelring si uspokojen oddychl; nezbylo mu mnoho z těch provizí, které si vyjednal, neboť takový život je drahý a okázalý a bylo nutno tu a tam štědře napomoci spádu událostí. Teď tedy přijde na řadu asfalt. Asfalt nemůže pěstovat kdekdo jako třtinu nebo kakao. Na asfalt je možno vsadit. Vsázím na černou proti bílé.

I objednal kotle a barely, koupil celou starou polní dráhu a stěhoval se zpátky na Haiti.

Milý doktore, uleví se mi, až budu zase doma, – vůně dymiánu, vůně jalovce a v ruce slzičky Panny Marie; zvláštní, jakým nepokojem nás plní cizí země. Byl bych jistě revolucionářem, kdybych nežil na půdě domova; zde (míním na Ostrovech) cítím bezpráví a hrůzu věcí silněji... nebo aspoň nenávistněji než doma. Kdybych opravdu napsal svou povídku, nechyběl by v ní muž s rozhalenou košilí a s puškou na provázku, přehozenou přes rameno; ten partyzán, ten mstitel, ten vášnivý antagonista všelijakých Kettelringů, to bych byl také já. Nic platno, musím se toho vzdát; a až budu sedět doma na kvetoucí mezi a mnout v prstech vůni rezignace, rozplyne se i hrůza a nenávist, a já upustím polní kvítek, severní kvítek nad hrobem míšence v rozhalené košili, který padl kdesi na Ostrovech v boji proti Hospodářským Zájmům."

## XXXV.

"Tady se zadrhly osudy Případu X. Dejme tomu, že mulatský kontraktor nechal cestu nedostavěnu a utekl, zlákán hvězdou varietního tanečníka. Mr. Kettelring začal stavět cestu sám a stavěl ji draho, protože spěchal. Nemohl donutit negry, aby vozili kámen na kolečkách; takový černý kolohnát si posadí balvánek na hlavu a nese jej, jako by to byl koš s ananasy; a kolečka jsou dobrá jen k tomu, aby v nich prováželi vřeštící holky, třepající nohama. Och, bít je pěstí do tváře, aby poznali, že život není pro jejich kdákavý řehot! Za kolonami dělníků se táhly houfy děvčat; v noci kroutily pupky za zvuků guitarr a tamtamů, zatímco Kettelring se hryzl zoufalou netrpělivostí. Ani se neodvážil ty mamlasy pohánět, jak by byl chtěl; hospodářská krize dolehla i na Haiti s tím zvláštním následkem, že se černoši oddali v nebývalé míře vuduismu, a týdně hýkalo z lesních mýtin jejich běsnění; vraceli se jako stíny, vyčerpáni a zdivočelí, a Kettelring nepouštěl revolver z ruky ani v noci, naslouchaje ťapání bosých tlap. V sousedství se ztratily dvě nebo tři děti, a Kettelring se střehl jít věci na kloub; i černá policie z Gonaivy, bosá a se zlatými epoletami, která přišla případ vyšetřit, se měla na pozoru, aby nenašla ten jistý kamenný oltář v pralese, ač k němu vedly cestičky dobře vyšlapané.

Ztrácel se měsíc po měsíci, a s nimi se rozplývaly Kettelringovy prostředky i jeho zdraví; trpěl vředy a horečkami, ale nešel se léčit, aby se mu ta banda negrů nerozutekla. Hlídal je zlýma očima, zapadlýma nenávistí, a jenom sípal rozkazy. Ještě nebyla cesta hotova, a už se usadil u asfaltové bažiny v baráku na kůlech, aby řídil stavbu polní dráhy; ale zatím mu v Gonaivě rozkradli kolejnice ležící v přístavu. Bůhví nač se komu hodily. Celé místo páchlo sirovodíkem a kvasilo žlutavým hnísáním jako nesmírný a rozpadávající se bolák; dýchalo to žárem jako kotel, ve kterém se vaří dehet, a každý krok váznul v polotuhém, třaslavém, mlaskajícím bitumu.

Konečně se cesta dovlekla až k močálu a Kettelring jel do Port au Prince shánět úvěr, opatřit nákladní auta a sudy, najmout šoféry a dozorce. Když se vrátil, nebylo na místě živé duše; prý se tam prostřed močálu zjevil sám čert a rozhoupal celou mokřaď, že se vařila jako povidla. S bídou sehnal hrst prašivých a nemocných negrů se zanícenýma očima, plnýma much, a začal kopat asfalt. Byl to lesklý, černý glance pitch nejlepšího druhu. Hůř bylo s auty; jedno rozbil mulat, který vezl kotly a sudy z Gonaivy; druhé zajelo na močál a za několik dní zmizelo pod hladinou; zbývalo jen jedno na dopravu asfaltu do přístavu. Kettelring dozírá u kotlů, aby byla smůla dobře vyvařena; je černý a špinavý jako topič a klepe se malárií u toho pekelného ohně; mají ji tu všichni, tož co. Ani už nebere do rukou ten krajkový šáteček, aby jej neumazal; nemyslí na nic než na sudy plné asfaltu. Nu, teď už to půjde; a Kettelring, mhouře oči vypálené žárem, si kreslí horečným prstem do vzduchu továrny, které tu budou stát. Haiti Lake Asphalt Works, nebo tak nějak.

Pravda, jsou některé nepříjemnosti – řekněme ten mulat, co vozí sudy do Gonaivy. Samé poruchy, a ještě se zubí do očí. Špatný vůz, pane, a špatná cesta. Kettelring jej vyhodil a nyní jezdí sám, drnčí do přístavu s plnými sudy a má radost, co jich tam přibývá. Sta sudů, sta a další sta, jaká krása! Jenže ten propuštěný mulat nebyl ledaskdo a viděl kus světa; potloukal se kolem Haiti Lake Asphalt Works s rozhalenou košilí a vedl řeči o pracovních podmínkách a nestydatých cizincích, až jednoho dne přišli za Kettelringem čtyři negři, šťouchali se a přešlapovali – zkrátka: buď aby toho mulata přijal do práce jako dozorce, nebo –

Kettelring zrudl. ,Nebo co?' Tu otázku jim položil, když odjišťoval revolver.

Byla z toho stávka. Organizovaná stávka vedle kanibalských obřadů, ale tak už to dnes je. Zůstalo mu tam jenom několik lidí tak nemocných, že by nedošli pěšky domů. Zdá se, že

Kettelring zešílel; chytil krumpáč a po kolena v blátě počal sám vylamovat balvany asfaltu a supě, chroptě námahou je tahal ke kotlům, zatímco se ti nemocní na něho dívali s otevřenými ústy a neodvážili se vzít motyku do rukou. Když toho natahal plný kotel, dal se do pláče. ‚Pierre! Pierre!' vzlykal a tloukl se do hlavy; pak ti nemocní utekli také.

Dva dny ještě seděl Kettelring nad opuštěným jezerem asfaltovým a díval se, jak se pomalu zalévají vykopané jámy novým asfaltem. Tisíce, statisíce tun asfaltu. Sta a sta sudů, které čekají na kupce. Potom zabalil do toho krajkového šátku úlomek surového asfaltu a kousek přečištěného, lesklého jako antracit, a rachotil s prázdným nákladním autem dolů do Port au Prince. Tam spal osmačtyřicet hodin jako zabitý.

A zase je před tepanou mříží domu Kubáncova a tluče klepátkem: otevřte, otevřte! Dlouhý peón stojí za mříží, ale neotvírá. ‚Que desea seňor?'

‚Chci mluvit s Camagueynem, ale hned,' chraptí Kettelring. ‚Otevřte, člověče!'

‚No, seňor,' bručí starý peón. ‚Mám rozkaz vás nevpustit.'

‚Řekněte mu,' drtí Kettelring, ‚řekněte mu, že mám pro něho obchod, ohromný obchod.' A chrastí v kapse dvěma kousky asfaltu. ‚Řekněte mu – '

‚No, seňor.'

Kettelring si mne čelo. ‚Mohl byste – odevzdat dopis – '

‚No, seňor.'

Ticho, večer voní kvetoucí coralitou.

‚Buenas noches, seňor.'

A. opět dolů, dolů po Ostrovech; Puerto Rico, Barbuda, Guadelup, Barbados, Trinidad a Curacao; Yankeeové, Briti, Francouzové a Holanďani, kreolové a míšenci; všude má své obchodní styky, muže, kterým kdysi kladl nůž na krk nebo se kterými pomáhal dělat cukerní smash; aspoň vědí, s kým mají tu čest. Vytahuje před nimi dva kousíčky asfaltu z krajkového šátku, podívejte se, jaký asfalt, černý a lesklý jako zornička. Tisíce, statisíce tun, celé jezero. Na tom se dají udělat milióny. Tak co, šel byste s sebou?

Drbají se ve vlasech a vzdychají. Těžké časy, Mr. Kettelring; kdepak, ani asfalt už nejde; na Trinidadu prý propouštějí pracovní síly – Zdálo se, že když ztratili víru v cukr, byla v nich otřesena veškerá víra v cokoliv. Ne, ne, pane, nedá se nic dělat; ani centík, ani penny už nevrazím do těch zlořečených Ostrovů. (Jaký velkolepý vynález jsou kolonie! Objevit země, které nejsou člověku domovem, ale jen exploatačním prostorem! Jak to muselo uvolnit jeho hospodářské schopnosti!)

Kettelring se vleče lodí od přístavu k přístavu. Ve dne spí a v noci stojí na přídi jako kůl, lano by se k němu mohlo přivázat. Ta ohromná, modročerná noc, žíhaná blesky, jiskřící hvězdami; hučící moře, světélkující, jiskrné, černé jako antracit; samý asfalt, pane, miliardy a miliardy tun, na tom by se daly vydělat milióny. Loď se vleče, trhá sebou, otřásá se, jako by nemohla z místa; to snad se lodní šroub točí v něčem olejnatém a hustém, co se mu lepí na lopatky; je to černé jako černá a těžká nafta; a černá loď se pomalu protlačuje nekonečným asfaltovým jezerem, které se za ní kašovitě zavírá. Dobrou noc, seňor. Tam nahoře... to je Mléčná dráha, podobná noční cestě, světlé cestě mezi fialovými bougainvilleami a modrými hrozny petreí. Jak to voní, jak to voní těžkými růžemi a jasmínem; Kettelring tiskne k ústům zmačkaný krajkový šáteček; voní asfaltem a něčím nesmírně vzdáleným. Já se vrátím, Mary, já se vrátím!

A všichni kroutí povážlivě hlavou. Nedá se nic dělat, Mr. Kettelring, nikde žádný úvěr, do ničeho není chuti; na Dominice už také zavřeli dobývání asfaltových koláčů; ale kdybyste počkal deset dvacet let, to by bylo něco jiného; tyhle zatracené poměry přece nemohou trvat věčně.

Teď už zbývá jen jedna cesta, k těm pánům z Trinidad Lake Asphalt Company; na Trinidadu ještě skřípe lanová dráha vozící sudy s asfaltem z jezera přímo do lodí, ale skřípe také nějak rezavě. Ti páni ho nechali stát jako prosebníka, když se zpoceným čelem vybaloval své dva kousky asfaltu z krajkového šátku; ani se na ně nepodívali. Co s tím, pane... pane... řekl jste Cattlering, že? My tu máme asfaltu ještě nejmíň na padesát let, a stačíme docela dobře na světovou spotřebu. Tady je investováno tolik peněz – nač bychom otvírali nové naleziště?

Ale můj asfalt je lepší; není v něm tolik vody a jílu – a prýští tam těžká nafta.

Vysmáli se mu. Tím hůř, pane… pane Cattle. Nedalo by se to, řekněme, zatopit vodou, aby to zmizelo nadobro? V tom případě bychom to možná koupili – rozumí se, za běžnou cenu pozemků na Haiti. Good-bye, Mr. Kling.

(Good-bye, good-bye! Konečně jsem z toho venku, a značně se mi ulehčilo; necítil jsem se doma v tom světě obchodu a transakcí, byl mně cizejší než močál s aligátory, ale co dělat, octl jsem se v něm jako v pralese. I Kettelring se mi v něm ztrácel; nu, a nyní jsme se znovu našli. Vězte, že i on najde sebe sama; nikdo se nesetkává sám se sebou tak silně jako člověk nešťastný. Chválabohu, nyní jsme doma, a toto je můj návrat: tento muž s prázdnýma rukama, který nepředstavuje nic jiného než člověka, který žil.)

Toho večera seděl Případ X v pokoji míšeneckého hotelu v Port of Spain, plném štěnic a lepkavých much; za tenkými zdmi bylo slyšet, jak někdo mluví a naříká ze sna a jak se objímá námořník s mulatkou; celý hotel se ozýval řinčením talířů, ožralou hádkou, řehotem, horkým funěním a chrapotem, jako by někdo umíral.

Případ X zasunul do svého psacího stroje list papíru nesoucí hlavičku Haiti Lake Asphalt Works a počal pomalu vyklepávat: ‚Dear Miss Mary.'

Ne, tento dopis nelze psát na stroji. Kettelring sedí shrben nad listem papíru a slíní tužku. Je zoufale těžko začít, když jsme tak dávno, když jsme, pokud sahá paměť, nikdy takto nepsali, kreslíce a spojujíce písmena podle jakýchsi nesmírně jemných zákonů a zvyků. Na stroji by se to dalo napsat snáze, to by tak nebolelo, to by se tak nerozplývalo před očima. Kettelring se hrbí jako žáček, který píše svůj první úkol. Oh – – oh – – ho – o – ó, vyráží mulatka za zdí, a někdo se dusí můrou jako v posledním tažení.

Drahá, nejdražší, jediná, toto je můj první a poslední dopis.

Slíbil jsem, že se vrátím, že přijdu jako muž, který má jméno a majetek; nyní nemám nic, ztroskotal jsem a odcházím. Kam? Nevím ještě. Tento můj život je u konce, a jsem syt toho, začínat život nový. Je jisto jen to, že Kettelringa už není a že by bylo zbytečno ještě vzpomínat, kdo vlastně byl. Kdybych věděl, je-li na světě místo, kde je možno žít beze jména, šel bych tam; ale i k tomu, aby směl člověk žebrat, musí mít jméno.

Má jediná lásko, jaké šílenství, že vás ještě nazývám láskou a že vám říkám moje. Nyní víte, že se nevrátím; vězte tedy také, že vás miluju tak jako prvního dne, ba nekonečně víc, neboť čím hůř jsem zakoušel, tím víc jsem vás miloval.

Kettelring se zamyslil. Kdožví čeká-li ještě. Jsou to tři léta, co jsem odešel; třeba je vdána za nějakého Yankee v bílých střevících… Nu, ať je šťastna.

Nevím, věřím-li v Boha, ale spínám ruce a modlím se, abyste byla šťastna. Musí být nějaký moudrý Bůh už proto, že nespojil váš osud s mým. Sbohem, sbohem, my se už neuvidíme.

Kettelring se musel nahrbit až k papíru, neboť neviděl, a rychle naškrábl podpis. V tom okamžiku ustrnul, jako by ho něco udeřilo do lbi. Nepodepsal se jménem George Kettelring. Nevida pro slzy, slepě, bezvědomě napsal své pravé jméno, které po tolik let ztratil z paměti."

## XXXVI.

"Nevydržel v hotelu, musel ven, do noci; sedí v přístavu na hromadě nějakých pražců pod dohledem negerského strážníka, opřen lokty o kolena, a dívá se do černé, šplounající vody. Teď ví všechno a nemusí ani vzpomínat; rovná to v sobě jako karty, aby žádná nepřečnívala, a obrací jenom ten nebo onen list, ano, je tam, a nic nechybí. Takový divný pocit – je to úleva, nebo bolestné přeplnění?

Řekněme, domov. Domov bez matky, velké pokoje s těžkými záclonami a černým, důstojným nábytkem. Tatínek, který neměl pokdy pro dítě, veliký, cizí a přísný. Ustrašená,

117

úzkostlivá teta – pozor, hošíčku, tam si nesedej, nedávej to do pusy, nesmíš si hrát s těmi umazanými dětmi. Červený a zelený míček, hračka nejmilejší, neboť ukradená na ulici řvoucímu dítěti, jednomu z těch šťastných, které směly běhat usmrkány a bosy, hrát si s blátem nebo sedět na bobečku v písku. Bývalý pan Kettelring se usmívá a oči mu svítí. Tak vidíš, teto, a přece jsem nakonec běhal bos a umazaný jako uhlíř; jedl jsem okurky čuču, které černoška otírala svou špinavou košilí, a nezralé guayavy sebrané z prachu cesty. – Někdejší Kettelring má téměř pocit ukojené pomsty. Přece jsem provedl své.

A pak neklidný chlapec, jehož přirozená divokost je potlačována takzvanou výchovou. Začíná rozumět řemeslu svého otce. To řemeslo je bohatství. To řemeslo jsou továrny. To řemeslo je, aby co největší počet lidí byl přinucen pracovat co nejvíc a co nejlaciněji. Chlapec vidí ty zástupy dělníků, kteří se hrnou ze vrat továren se svým zvláštním nakyslým zápachem, a má pocit, že ho všichni nenávidí. Otec je zvyklý křičet a poroučet; bůh ví, co to dá vztekání, aby bylo získáno takové bohatství. Člověk by řekl, že to ani nestojí za tu zlost; ale nic naplat, majetek není mrtvá hmota, chce žrát, aby nepošel, a musí být náležitě krmen. Tobě, hochu, bude jednou svěřeno toto vlastnictví, ne abys je měl, ale abys je rozmnožil; pročež uč se šetřit a přičiňovat se, máš-li jednou nutit druhé, aby se lopotili a vystačili s málem. Vychovávám tě pro praktický život; vychovávám tě pro svůj majetek. – Bývalý Kettelring se rozšklebil. Tak to tedy mám po otci, že jsem uměl poroučet a rasovat lidi; vida, přece jen nějaké dědictví. Tehdy, ano, tehdy se to mladému chlapci nechtělo líbit; byl spíše lehkomyslný a líný, – snad to bylo jen ze vzdoru proti tomu, co mu bylo předem určováno jako jeho budoucnost. Nejsme tady pro sebe, ale proto, abychom sloužili majetku; kdo neslouží svému, bude otročit cizímu – tak nějak zní zákon života. A ty, hochu, půjdeš v mých šlépějích.

Někdejší Kettelring se roztřásl tichým smíchem. Ne, rozhodně v nich nešel. Byl jenom princ následník, který čeká, jak to jednou roztočí. A zrovna naschvál – špatná společnost a takové věci. Rozumí se, dluhy, směšné sice, ale přesto ne zvlášť počestné. Otec se třese rozčilením a vyslýchá, co to znamená, začs to vydal a podobně; ty kluku, myslíš si, že proto já se dřu, že pro tvé ničemnosti já vydělávám a šetřím své peníze? A tu to v synáčkovi propuklo – rozumí se, jen vzdor, jen schválnost, jen taková vášnivá prudkost; se zaťatými pěstmi řve otci do tváře: Nech si své peníze, sežer si je, já je nechci; kašlu na ně, hnusím si je; nemysli si, že budu takový otrok peněz jako ty! – Otec zfialověl, divné, že ho tehdy neranila mrtvice; ukazoval na dveře a sípěl: Marš! Ještě okázale a hromsky bouchnout dveřmi, a hotovo, exit synáček.

Bývalý pan Kettelring potřásl hlavou. Bože, taková hloupost! Málo-li je podobných hromobití v rodinách, nu, a čert je vzal. Jenže tehdy na sebe narazili dva zvláště tvrdí a paličatí. Synáček už nepřišel a nedostavil se, ani když ho k sobě pozval otcův právní zástupce; důstojný právní přítel nakonec našel marnotratného syna v posteli s jakousi teoretickou a praktickou anarchistkou, a protože mladý pán jinak nedal, musel mu v této pohoršující situaci vyložit své poslání. Zhostil se ho docela pěkně; jednak se kárave chmuřil, jednak a zvláště zářil taktní a shovívavou blahovůlí, neboť mládí se musí vybouřit, zejména mládí dědice tak nadějného. Váš pan otec, sděloval, vás nechce vidět, pokud prý nepřijdete k rozumu; mladý příteli, děl srdečně, nemám pochybností, že se o to pokusíte a že se vám to podaří, haha, že ano? Mezi námi, řekl s hlavou skloněnou pobožně na stranu, majetek (divže neřekl pan majetek) vašeho pana otce se nyní odhaduje na třicet, třicet pět miliónů; mladý muži, s takovým majetkem se nežertuje. – Vypadal při tom opravdu nesmírně vážně a slavnostně, ale opět se rozveselil. Váš pan otec mne požádal, abych vám řekl, že je ochoten vám až do vaší plnoletosti vyplácet mýma rukama jistou apanáž. A jmenoval sumu téměř špinavou – starý lakomec si zůstal věren i ve svém spravedlivém hněvu. Ovšem, kdybyste ani pak nepřišel s rozumnějšími náhledy – Advokát pokrčil výmluvně rameny. Ale já doufám, že to bude pro vás zdravá a tvrdá škola života.

Tak dejte sem ty prachy, ozval se dědic třiceti miliónů, a vyřiďte starému, že mu přeju hodně dlouhého života, aby si na mne počkal.

Anarchistka nadšeně tleskala.

Důstojný advokát jí laškovně pohrozil tlustým prstem. Vy, vy, jen nepopleťte hlavu našemu mladému příteli. Ať se pobaví, to ano, ale nic víc, víme?

Děvče na něho vyplázlo jazyk; ale zářící, blahovolný právník už hřejivě tiskl ruku marnotratného syna. Drahý, drahý příteli, pronášel dojatě, budeme se všichni těšit na váš brzký návrat.

Tehdy bylo marnotratnému synovi osmnáct let; do svého plnoletí se potloukal, jak to právě mladí lidé dovedou, to jest, sám by teď nemohl říci jak, a hlavně, komu všemu za to zůstal dlužen. Rozumí se: Paříž, Marseille, Alžír, Paříž, Brusel, Amsterodam, Sevilla, Madrid a znovu Paříž – Pokud mu bylo známo, jeho otec, jako by s rozpadem rodiny ztratil poslední vnitřní zábrany, se zaryl chorobně do dělání peněz a do ubohého, senilního skrblení. Bůh s ním, to tam ta hromada peněz naroste! Přesně s datem plnoletosti přestala docházet hubená apanáž. Marnotratný syn se rozzuřil: Myslíte, že teď přilezu na kolenou? A zrovna ne! – Pokusil se pracovat, ale zvláštní: teprve s prací na něho dolehla bída s nouzí, a když se pokoušel o bývalý lehčí způsob života, už to nešlo, už měl na sobě napsáno něco, co ho dělalo podezřelým z chudoby. Tehdy měl děvče, jež bylo nemocné a ztratilo místo. Litoval ji a chtěl jí pomoci; napsal otcovskému právnímu příteli, že by náhodou na krátkou dobu potřeboval pár tisíc franků – Dostal na centim tolik, kolik stála jízda z Paříže domů třetí třídou, a k tomu dopis, že pan otec je ochoten mu odpustit, ukáže-li pan syn, že chce doma rozumně pracovat, a tak dále. Vlastně teprve tehdy zaťal tuby, teď už bez větroplašného furiantství, a řekl si: ,To raději pojdu hladem.'

Bývalý pan Kettelring, sedící na břevnech v Port of Spain na

Trinidadu, se až lekl. Řekl to nahlas, tak jako tehdy, ale nyní nad tím kroutil hlavou."

## XXXVII.

"Někdejší Kettelring to teď nahlíží s překvapující jasností: Kdyby byl opravdu a poctivě chudý, jistě by se byl někde usadil; nejednou byla příležitost. Třeba jako účetní v Casablance, nebo tehdy v Marseille jako obchodní cestující s perleťovými knoflíky. Ale představte si, prosím pěkně, že jsme vlastně dědic třiceti, čtyřiceti, padesáti miliónů nebo kolik toho staroch doma zatím nasušil; jak máme mít trpělivost nebo odevzdanost hádat se s hrubým, funícím kramářem o odběr dvaceti tuctů knoflíků? Chvílemi ho přepadala směšnost jeho postavení, nemohl to brát vážně, nebyl s to se s upocenou a horlivou tváří handrkovat o pár franků nebo peset; najednou mu bylo vidět na očích, že se tím jen tak baví či co, – lidi to uráželo, a on sám si občas ulevil kouskem tak provokativním, že nezbývalo než změnit místo s rychlostí co možná největší. Bývalý pan Kettelring si to připomíná s jistým požitkem. Nedal jsem se vám lacino, vy moulové, a možná že i dnes máte v hubě hořko a sucho vztekem, když si vzpomenete na toho drzouna, který se k vám zachoval tak a tak neuctivě, a má poklona, račte mi vlézt na záda.

Ale když teď o tom hloubá, – vlastně to byla taková poloskutečnost, a ať dělal cokoliv, nezbavil se pocitu, že to je něco provizorního, co se neděje doopravdy, ale jen tak nazdařbůh a pokusně. Skutečný byl jenom ten vzdor, který ho vedl cestou a hlavně necestou; i v krajní bídě byly na dosah ruky ty milióny, po nichž by se mohlo sáhnout, jen chtít, a konec. Inu, můžeš si jimi cinkat v kapse, když couráš po ulici, individuum bez domicilu a povolání, můžeš zlomyslně mrkat na všechny lidi, kteří uhýbají podezřelému pobudovi, kdybyste věděli, kdo já jsem! Milióny v kapse, a nekoupíš si za ně ani sklenici piva. Pět měďáků v kapse, a koupíš si za ně čajovou růži. Byl to vlastně věčný zdroj jakési výsměšné kratochvíle; nelze zapomenout na divoký požitek, se kterým poprvé žebral; bylo to na Ramble v Barceloně mezi hejny vrabčáků, – jak se ta stará dáma s růžencem ovinutým kolem ruky uděšeně podívala na zubícího se chlapíka, por Dios misericordia, seňora –

Bývalý pan Kettelring si přemnul čelo. Ne, nebyl bych to vydržel, kdyby to bylo... doopravdy; ale ona to byla, víme, taková hra s nicotou. Jako bych zkoušel, jak dlouho to vydržím, než vztáhnu ruku a začnu křičet o pomoc. Ta dráždivá trýzeň, stát na kraji chodníku a dívat se hladově na nejkrásnější a zářící ženy, – jen chtít, a byly byste mé, ale teď, to se rozumí, mne ani nevidíte, potvory. Ten krásný vztek, to osvobozující opovržení vším. Ano, toť se ví, i tím, čemu se říká morálka; neboť jsou ctnosti chudých a ctnosti majetných, ale není žádné mravnosti pro všiváky, kteří nechtějí zbohatnout.

A nedají se, neřádi, uvrtat na jedno místo. Nemluvíme-li o poutech rodiny a zvyku, činí člověka usedlým majetek nebo závislost, a ten, kdo nedbá bídy ani peněz, je jako balón bez kotevních lan a přítěže a je unášen, jak bůh dá a čert fouká. Ano, toulavost je jistě šílenství, je to porucha majetkových center, něco jako ztráta smyslu pro stabilitu. A tak se motej, ty blázne, když ti to nedá –

Počkat, tady je něco, nač by bylo třeba se podívat. Ne, to byla jen taková telecí pitomost. Vlastně ne – Nu, řekněme tomu hloupost. Tehdy jsme byli čímsi na lodi, to bylo v Plymouth; večer jsme sedávali nahoře na Hoe, pod pruhovaným majákem, s děvčetem z Barbikanu. Taková hubená, malá Angličanka – sedmnáct let jí bylo. Držela mne za ruku a snažila se uvést na dobrou cestu života velkého, zkaženého námořníka. Bývaly pan Kettelring jektal zuby. Vždyť to bylo skoro tak, jako... jako... jako když mne Mary, Maria Dolores držela za ruku a chtěla mne přivést k mému já! Ó bože, jsou tedy v životě znamení, kterým nerozumíme? Bývalý námořník se dívá vyjeveně do černé vody, ale vidí modrý, průhledný večer na Hoe, červená a zelená světla bójí a tu dálku, Kriste, tu pěknou a rovnou dálku – Držela mne za

ruku a rychle dýchala, slibte mi, slibte mi, že budete hodný –
a jednou se usadíte tady. Pracovala v nějaké továrně – Říci jí
o těch miliónech na dosah ruky, nebylo by to jako Tisíc a
jedna noc? Měl to už na jazyku, ale tehdy to spolkl nějak až
příliš násilně nebo překotně. Na rozloučenou ho políbila
poplašeně a neobratně, a on řekl, já se vrátím.
Ta loď jela do Zadní Indie, a on se nevrátil.
Tak, a teď jsme tady, zdrávi došli, a to už je všechno. – Ne,
to není všechno, odpovídá jakýsi přísný a neúchylný hlas. Jen
si vzpomeň, jak to bylo dál. – Nu, co by bylo: utekl jsem z
lodi, to bylo tady na Trinidadu, právě tady v Port of Spain,
že. – Ano, a co dál, co potom? – Potom to šlo se mnou dolů;
jak to jde jednou s člověkem dolů, marná sláva, to už se nedá
zastavit. – Až kam dolů, jen to řekni. – Nu, byl jsem nosičem
v přístavu a magaciňákem, co běhá s listinami v rukou. – A
dál nic? – Dohlížel jsem na černochy v asfaltovém jezeře, aby
si ani neutřeli pot hřbetem ruky. – A ještě něco bylo, ne? –
Ano, byl jsem sklepníkem na Guadelupu a v Matanzas a
nosil jsem mulatům cocktaily a led –
A už nic horšího?
Bývalý Mr. Kettelring si zakrývá tváře horkými dlaněmi a
sténá. Jen to nech, něco to mělo do sebe. To byla msta, to byla
msta za to, že mne nechali tak hluboko padnout. Abys věděl,
já jsem se kochal na svém ponížení. Potvory, potvory, tady to
máte, sežerte si své milióny; dívejte se všichni, jak vypadá
jediný syn a dědic milionářův!
Ano, podívejme se na to.
Ano, jen se podívejte, vydržuje si ho mulatka – tak, teď to
víte. Miluje ji zuřivě a vodí k ní opilé chlapy, k nevěstce ze
všech nejzvrhlejší, a čeká zatím venku na svůj podíl.
Tedy tak to bylo.
Tak to bylo. – Bývalému Kettelringovi klesla hlava hluboko
na prsa – Seděl tam v kavárně jeden Yankee, a já se blbě
šklebím: Mohu vás, pane, dovést ke krásnému děvčeti –
krásná, barevná, c – Amerikán zrudl a vyskočil, asi nemohl
snést tu hanbu bělocha; pak mne udeřil do tváře, na tuhle
tvář. – Na líci bývalého Kettelringa vyskočila rudá skvrna. –

Hodil na zem zmačkaný pětidolar, zatímco mne strkali na ulici. Vrátil jsem se ještě pro ten pětidolar a lezl jsem po zemi jako pes –

Někdejší Kettelring zvedl oči plné hrůzy. Což se taková věc nikdy nezapomene?

Snad přece, zkus to, zkus zapomenout.

Ano, ožral jsem se jako zvíře, a ještě jsem nemohl zapomenout; motal jsem se, nevím kde a kam –

– po cestě podobné Mléčné dráze, mezi kvetoucími bougainvilleami –

Ano, ano, právě tam; slyšel jsem vyštěknout revolver, a někdo běžící do mne vrazil. A pak, pak jsem konečně zapomněl všechno, co bylo."

## XXXVIII.

"Bývalý Kettelring si oddychl. Tak, teď je to venku, a dělej co dělej, nemůže to už být horší. A vida, ani tehdy, když jsem lezl po čtyřech jako pes, jsem se nepoddal, nevykřiklo to ve mně: dost, vzdávám se, a toto je návrat s prosíkem, návrat domů. Jenom jsem pil a řval nad pohaněním člověka. Bylo to... vlastně... jakési vítězství.

A teď se poddáš.

Ano, teď se poddám, a jak rád, bože, jak rád! Kdyby chtěli, abych si naplival do tváře nebo lezl znovu po čtyřech, udělám to. Já vím proč. To je pro ni, pro dceru Kubáncovu.

Nebo proto, abys to vyhrál nad starým Camagueynem.

Mlč, není to pravda. Pro ni je to. Což jsem jí neřekl, že se vrátím, nedal jsem na to své čestné slovo?

Tvé čestné slovo, pasáku, pasáku!

A třeba i pasák; jen když vím, kdo jsem. Co chceš, člověk je celý teprve tehdy, když je poražen. Tehdy pozná, toto je neklamné a skutečné, toto je skutečnost nezvratná.

Ta porážka.

Ano, ta porážka. Je to ohromná úleva, moci se poddat; zkřížit ruce na prsou a poddat se –

Čemu?

124

Lásce. Milovat v porážce a pokoření – pak člověk ví, co je láska. Už nejsi hrdina, ale pohaněný a políčkovaný pasák; lezl jsi po zemi jako zvíře, a přece budeš oděn v nejkrásnější roucho a na ruku ti bude navlečen prsten. To je ten zázrak. Já vím, já vím, že ona na mne čeká; a teď si mohu pro ni přijít. Kriste Ježíši, já jsem šťasten!

Šťasten, opravdu?

Nesmírně šťasten, mrazí mne, sáhni, sáhni, jak mi hoří tváře.

To je jen levá tvář. To na ní hoří ten políček.

Ne, to není políček. Copak nevíš, že na tu tvář mne políbila? Ano, políbila a smáčela ji slzami, nevíš? Všechno je vykoupeno – málo-li bolesti na to padlo! Jenom té touhy co bylo, a to peklo, ta hrozná práce, – všechno bylo pro ni.

I ten políček?

– – Ano, i ten políček byl pro ni. Aby se mohl stát zázrak. A já si pro ni přijdu; bude čekat v zahradě jako tehdy –

– a položí dlaň na tvou ruku.

Proboha, nemluv o její dlani! Řekne se dlaň, a mně už se chvějí prsty i brada. Jak mne tehdy vzala za ruku, – myslím na její hladké prsty, přestaň! přestaň!

Jsi nesmírně šťasten?

Ano, ne, počkej, to přejde. Zatracený pláč! Jak je možno, že má člověk někoho tak nesmyslně rád! Kdyby na mne čekala tamhle – tamhle u toho jeřábu, zhrozil bych se, bože, jak daleko, kdy já k ní doběhnu! A kdybych ji držel za ruce, za lokte – bože, jak daleko!

Jsi tedy šťasten?

Nesmysl, vidíš přece, že se mohu zbláznit! Kdy já ji uvidím? Dřív se musím vrátit domů, že ano, musím sklonit hlavu a odprosit, musím vzíti na sebe jméno a člověka; a pak znovu přes moře. – Ne, to přece není možno, to nepřežiju, to není možno, taková doba!

Že bys nejprve jel za ní a řekl jí –?

Ne, to nemohu, nesmím, to nejde. Řekl jsem, že si pro ni přijdu, až k tomu budu mít právo. Nesmím ji zklamat. Musím domů, nejprve domů, a teprve potom – Zaklepu na tu mříž jako ten, kdo má právo bušit. Otevřte, jdu si pro ni.

Černý strážník, který se už dlouho díval, jak ten člověk mluví sám se sebou a hází rukama, se k němu přiblížil. ‚He, pane!'

Bývalý Kettelring zvedl oči. ‚Rozumíte,' mluvil rychle. ‚Nejdřív musím domů. Nevím, je-li můj tatík ještě živ, ale je-li, bůh ví, že mu políbím ruku a řeknu, požehnej, otče, pasákovi prasat, který si žádal jíst mláto dávané sviním. Zhřešil jsem proti nebi a před tebou, aniž jsem hoden více slouti synem tvým. A on, starý skrblík, se potěší a řekne: Tento syn můj byl umřel, a zase ožil; byl zahynul, a nalezen jest. Tak je to, bratře, v Písmu.'

‚Amen,' řekl černý strážník a chtěl odejít.

‚Počkejte ještě, to přece znamená, že marnotratnému synovi bude odpuštěno, že? Bude mu odpuštěna jeho prostopášnost i jeho sviňský hlad; bude smazán i ten políček – Přineste roucho nejlepší a oblecte jej a dejte prsten na ruku jeho.' Bývalý. Kettelring vstal a slzy mu stékaly z očí. ‚Já přece jen myslím, že můj otec je živ a čeká na mne ve své starobě, aby ze mne učinil bohatce a skrblíka, jako byl sám. Vy nevíte, vy nevíte, čeho se vzdal marnotratný syn; vy nevíte, co to obětuje – Ale ne, ona čeká; já přijdu, Mary, já se vrátím, ale dřív ještě musím domů.'

‚Dovedu vás, pane,' řekl strážník. ‚Kam jdete?'

‚Tam,' a ukázal rukou přes celou oblohu, k obzoru, kde žíhaly tiché blesky.

Jsem posedlý představou, že se nevracel po lodi; cesta lodí je příliš zdlouhavá a uklidňující a nemá ten prudký spád. Byl jsem. se ptát u leteckých společností, je-li nějaké spojení letadlem na Trinidad. Zdá se, že je pravidelná letecká linka z Evropy do Port Natalu a odtud do Pará; ale nemohli mně říci, je-li jaký vzdušný spoj také z Pará na Trinidad nebo na jiné místo v Antilách. Možné to je, i přijímám poněkud nazdařbůh, že Případ X volil tuto nejrychlejší trať. Musel ji volit, protože jej posléze vidíme střemhlav se řítit, zahaleného v plamenech, aby dorazil na konec své cesty jako povětroň, ve chvatu nejhroznějším. Musel letět, upíraje netrpělivé oči na čáru obzoru; pilot sedí nehnutě, jako by spal, – och, dát mu pěstí do týla, aby se probudil a letěl rychleji! A z letadla do letadla, ohlušený, zpitomělý řevem motoru, vědomý jen jediné bdělé věci, spěchu. Na posledním letišti, skoro už u vrat domova, se ta drnčící struna rychlosti najednou zasekla. Neletí se, je vichřice. Zuří s pěnou na rtech – tomuhle vy říkáte vichřice? Vy psi, vy prašiví psi, kdybyste znali hurikány tam dole! Dobrá, tedy soukromé letadlo, ať stojí cokoliv; a ještě jednou ta křečovitá, zběsilá agónie netrpělivosti, zaťaté pěsti a zuby zahryzlé do krajkového šátku – a konec; vír, plamen, zápach nafty a černé jezero bezvědomí, které se hustě zavírá.

Milý doktore, rád bych vám prokázal tu čest a nakreslil vás, vaše počestná a široká bedra schýlená nad smrtí Případu X. Viděl jsem vás u toho lůžka, a přece si vás nedovedu dobře představit. Přejte mi, abych se ještě jednou odchýlil od poctivé skutečnosti. Posadím na jeho lůžko vlasatého, dost nesympatického mládence; drží pacienta v zápěstí a naklání pozorně sebejistou, ježatou palici. Hezká ošetřovatelka může nechat oči na těch plavých rousech, neboť je do mladého doktora po uši zamilována; ach, vjet do nich všemi prsty a rvát, pročísnout je jemně jako dech – Mládenec zvedá hlavu. ‚Tep nehmatný. Dejte sem, sestřičko, plentu!'"

## XXXIX.

Chirurg dočetl rukopis a mechanicky jej rovnal, aby ani list nepřečníval.

Přišel ho navštívit starý internista. "Škoda," povídal, "že jste se nebyl podívat na obdukci. Zajímavý případ. Ten člověk mnoho zkusil – To srdce bych vám přál vidět."

"Veliké?"

"Veliké. Víte, že už dostali zprávu? Depeši z Paříže. Bylo to soukromé letadlo."

Chirurg zvedl oči. "Nu a?"

"Nevím, jak se jmenuje, jméno přišlo zkomoleno; ale byl zapsán jako Kubánec."

Also Available from JiaHu Books

Osudy dobrého vojáka Švejka za světové války 978-1-909669-45-1

Válka s molky

R.U.R.

Hordubal

Krakatit

Továrna na absolutno

Babička -978-1-78435-077-2

Ziemia obiecana

Ludzie bezdomni

Quo vadis?

Pan Taduesz

Na wzgórzu róż -978-1-78435-074-1

Hiša Marije Pomočnice - 978-1-909669-31-4

Чорна рада - 978-1-909669-52-9

Горски вијенац - 978-1-909669-56-7

Judita

Dundo Maroje

Suze sina razmetnoga – 978-1-78435-059-8

Стихотворения и Проза Ботев 978-1-909669-86-4

Под игото — 978-1-78435-055-0

Епопея на забравените - 978-1-78435-087-1

Az arany ember

Szigeti veszedelem

www.ingramcontent.com/pod-product-compliance
Lightning Source LLC
Chambersburg PA
CBHW021117130626
46554CB00002B/734